Un Dulce encuentro En el paraíso

KRIS BUENDIA

1raEdición

ISB: 978-1508979302

Indice

Sinopsis

Paraíso: Isabelle Jones, huye de casa a los diecisiete años con los padres de su mejor amiga después del suicidio de su madre y ser víctima de una obsesión. Isabelle se envolvió en una bolsa epidermal y blindó su corazón para luchar por su sueño y ser profesora de historia. Pero lo que no sabe Isabelle, es que está huyendo de un pasado doloroso para tener un dulce encuentro en el paraíso.

Un paraíso que no es perfecto... incluso Adán y Eva fueron echados del mismo.

Infierno: Matthew Reed, jugador del polígono del infierno, sexy atractivo, musculoso y lleno de tatuajes. Es todo lo contrario a lo que Isabelle le gusta de un chico. Pero detrás de esa fachada de "chico malo" se esconde un poeta empedernido dispuesto a entregar su corazón por primera vez y ser rescatado de las llamas del infierno.

Perdón: Infierno y paraíso, son dos mundos diferentes. ¿Quién puede amar en dos mundos a la vez?

¿Podrá Isabelle rescatar a Matthew Reed de su propio infierno y vivir eternamente en el paraíso de su amor? ¿O arderán juntos en las llamas por toda la eternidad?

La Venus en el espejo
Tiziano (1555)

"Todas las obras de arte deben empezar por el final".

Edgar Allan Poe

Prólogo

Corrí hasta la habitación, había escuchado un gran estruendo de vidrios que se estrellaban contra la pared.

¿Era posible que sólo yo lo escuchase?

Corrí de nuevo hasta llegar a la habitación, puse mi mano temblorosa en la manilla, estaba tan fría esa noche como si estuviese a punto de entrar en una cueva de hielo. Sin pensarlo dos veces di dos pasos hacia adelante, la habitación estaba oscura.

¿De dónde provenía ese ruido?

Encendí la lámpara que estaba cerca de la puerta y la habitación se iluminó un poco, inmediatamente mis ojos bajaron hacia el suelo, habían vidrios rotos por todos lados, la cama estaba deshecha, sábanas de color lila estaban rasgadas, parecía que estaba en una pesadilla en esos momentos, siempre la habitación había sido como un santuario, un jardín acompañado de una obra de arte sin terminar.

Cuadros de *La venus de las pieles*[1], una mujer hermosa con su pecho desnudo y

[1] Es una obra del escritor austriaco Leopold von Sacher-Masoch (1870)

dos ángeles con ella, siempre me imaginaba que yo era uno de esos ángeles y la mujer *Venus,* su belleza inmaculada, su cabello rubio como el oro y curvas voluptuosas, con una mano en su pecho que para muchos sería una pose extraña, pero para mí era como si ella quisiera sentir el latido de su corazón, una mano hermosa llena de joyas, una venus hermosa, ojala pudiera ser como ella algún día.

Escucho el grifo del baño, siento un gran nudo en el estómago y ganas de vomitar, mi corazón se acelera y mis piernas dejan de moverse al quedar en el marco de la puerta, lo que veo a continuación marcará mi vida para siempre.

Como *La venus de las pieles,* su cabello no brillaba por la humedad del agua y sus curvas no eran como la de la pintura, estaba delgada y demacrada, su piel de porcelana estaba pálida y no se veía hermosa en absoluto.

Una mano descansa en su pecho, en ese momento me imaginé que no era como la obra de *Sacher-Masoch,* lo que estaba viendo era una obra siniestra, algo oscuro, una alucinación. Ya no parecía que quería sentir el latido de su corazón, más bien era para sentir cuando éste dejara de latir.

La venus, mi madre, yacía en la bañera con sus muñecas abiertas mientras el agua corría y lo que una vez fue una obra de arte se convirtió en mi peor pesadilla.

13

— ¡Despierta Belle! —abre las cortinas y el sol entra por la ventana haciendo añicos mis pupilas.

Había olvidado lo que era dormir bajo el mismo techo con mi mejor amiga, siempre es la primera en ver el sol.

—Ya desperté, puedes dejar de brincar encima de mí. —me quejo, poniéndome una almohada en la cara para no ver la claridad.

Ariana Cooper, Ana mi mejor amiga. He estado viviendo en su casa por casi tres años después de que me emancipé y me fui de la mansión Jones. La Sra. Y el Sr. Cooper han sido muy generoso conmigo por dejarme hospedarme en su casa pagando una ridícula cantidad de dinero que recibo por dar tutorías, dinero que después misteriosamente vuelve aparecer en el cajón de mi ropa. Eran viejos amigos de mis padres, Ana y yo asistíamos a la misma escuela pero sus padres se mudaron a Chicago y después de *aquel* día, decidieron llevarme con ellos, lejos de todo, hasta del Sr. Jones, mi padre.

—Es fin de semana, Ana ¿No tienes que ver a tu novio hoy?

—Sí, es por eso que quiero que saques tu culo de la cama, hoy saldremos al polígono.

— ¿Polígono?

—Te divertirás, es momento que extiendas tus alas y vueles, ha pasado bastante tiempo desde *aquel* incidente... Tienes que seguir con tu vida y quién sabe quizás un... novio.

—Parece que madrugar te hace daño—resoplo—te acompañaré a tu misterio del polígono pero no intentes emparejarme con nadie, sabes lo que pienso de eso.

Me fulmina con la mirada, pero sabe que tengo razón. No puedo tener una relación después de *aquel* día mi vida no gira alrededor de un vínculo amoroso en estos momentos.

Joe Wood, el novio de mi mejor amiga, atlético moreno, musculoso de ojos grises y también un poco tatuado, de eso último me di cuenta una vez que los sorprendí un fin de semana que los señores Cooper no estaban en casa. Me juré a mí misma que jamás volvería a ver a Joe de la misma forma y mucho menos a Ana, una rubia, delgada y sexy de ojos verdes, había perdido su virginidad ese día y yo fui accidentalmente parte del momento perfecto.

Rieron por semanas avergonzándome en el buen sentido, yo no podía ver a Joe sin sonrojarme y recordar su tatuaje en la espalda de un dragón lleno de colores y ojos fulminantes que me penetraron al abrir la puerta de la habitación sin tocar.

Les pedí a los dioses de las vírgenes en ese momento que la tierra se abriera y me tragara. Joe fue muy considerado conmigo y me regaló flores por una semana para que despertara de mi trauma y Ana me dio un *itinerario* de su vida sexual activa para que no le sorprendiera cuando Joe merodeaba la casa mientras sus padres viajaban por su trabajo ya que son abogados muy importantes en la ciudad.

Joe se convirtió automáticamente en mi mejor amigo, podía hablar con él de cualquier cosa y esto no llega a la vida sexual activa que mantiene con mi mejor amiga, Joe y Ana son como Romeo y Julieta a excepción del drama y el suicidio, su amor inspira pero también está lleno de momentos difíciles que según Ana no puede entender del todo, nunca les pregunté de qué se trataba pero si más de una vez tuve que ser mediadora de los dos para que hicieran las pases después de una pelea que no duraba más de cinco horas.

Ana me convenció en salir de compras para nuestra noche en el famoso polígono, y me compré unos ridículos pantalones vaqueros ajustados y un top demasiado sexy, pero lo cubriré con una chaqueta y usaré unas botas de tacón aguja. Es una transformación demasiado extravagante, no estoy acostumbrada a usar ropa como ésta pero despreciar a Ariana es como despreciar a la misma Madre Teresa.

Al verme al espejo me sorprendo por mi apariencia, mi cabello castaño y ojos color avellana son hermosos, o como decía mi madre:

—*"La belleza por sí sola, carece de sentido. No sería belleza absoluta, sino la completara una mujer."*

No soy igual de hermosa como lo era mi madre, pero tengo sus ojos y sus largas pestañas, no tengo sus curvas, pero soy delgada y para mis adentros, mis pechos son mi mejor atributo al igual que eran los de mi madre y el cuadro de *Venus* deja al descubierto su mayor belleza.

—Tengo que decirte algo— Ana se sienta en la orilla de la cama y sé que no es nada bueno.

— ¿Qué pasa? — me acerco a ella y tomo sus manos.

—Tu padre ha llamado, no iba a decírtelo pero tienes que saberlo. Mi padre dijo que él abrió una cuenta a tu nombre con una cantidad bastante alta para cuando empezaras las clases en la universidad.

Pensé que era algo grave, pero la verdad es que no me interesa el dinero del Sr. Jones, después del suicidio de mi madre quiso comprarme una nueva madre disfrazada de dinero y obras de arte, libros y viajes alrededor del mundo, pero yo no quería eso, yo quería a mi madre y una respuesta. Respuesta que tres años después todavía no era capaz de darme.

—No te preocupes por eso, con la beca y el dinero que recibo de las tutorías me va bien, no necesito su dinero y lo sabes.

—Lo sé, pero quieres mudarte, sabes que mis padres te apoyan en todo pero...

—Ni hablar, es demasiado lo que tus padres han hecho por mí, es momento de mudarme, tengo veinte años y no puedo vivir aquí toda mi vida, amo estar con ustedes pero quiero empezar mi vida de cero, no depender del Sr. Jones, quiero que me den la oportunidad de volver a comenzar.

Los ojos de Ana se llenan de lágrimas, ella más que nadie sabe lo que he sufrido durante y después del suicidio de mi madre. Le había dicho que quería mudarme y enseguida protestó pero después sus padres y ella me apoyaron.

Todavía no he podido visitar apartamentos cerca de la universidad, tengo dinero ahorrado, y aunque no es mucho, no quiero el dinero del Sr. Jones.

—No llores, arruinarás tu maquillaje. —sonríe y me abraza.

—Eres como mi hermana, no quiero que él te haga daño.

—No lo hará, quiere arreglarlo todo con dinero, tú sabe que no tocaré ese dinero, pero no está de más decir que si necesitas puedes tomarlo.

— ¡Elena Isabelle Jones! Es tu dinero, guárdalo. —Me reprende con lágrimas en sus ojos— Quizás lo necesites más adelante.

No era de extrañarse que Robert Jones abriera una cuenta a mi nombre con una cantidad bastante grande. Sabía que no iba a ser fácil vivir sola, los gastos en Chicago son bastante altos pero no iba a tocar el dinero de mi padre.

He ganado una beca en la universidad de Chicago, empecé la carrera universitaria en Washington un año antes de lo normal por llevar clases avanzadas en el colegio. Seguir los pasos de mi madre no sería fácil, había hecho sus sueños a un lado cuando se convirtió en la Sra. Jones.

Sus cuentos antes de dormir eran historias hermosas y cuando le pregunté acerca del cuadro de *Venus* se le iluminó tanto el rostro que jamás olvidaré el brillo de sus ojos por cómo contaba la historia y sus viajes a Grecia cuando era joven.

Ahora me encuentro en la casa de los Cooper, después de *aquel* día donde mi vida estuvo en un hilo, corrí sin parar, estaba cansada de hacerlo y llegué hasta la casa de los Cooper donde caí desmayada en los brazos del padre de Ana, desde ese instante juró convertirse en el padre que nunca había tenido, un padre que se preocupara por mí, que me cuidara y me amara, tenía un padre que me mantenía en un castillo donde estaba rodeada de personas del servicio, eran más que servidumbre, eran mi familia.

El petrolero, Robert *El Grande* Jones es un hombre muy poderoso, pero su poder fue tan grande que terminó por volver loca a mi madre, llevándola al suicidio. Siempre le pregunte ¿Por qué?

Mi madre jamás acabaría con su vida, no estaba sola, me tenía a mí. Pero mi padre nunca me dijo la verdad y solamente me dejó ir con los Cooper para hacer realidad mi sueño, sueño que compartí con mi madre antes de que ella muriera.

Ꮛ23

No quise seguir discutiendo con ella. Tenía que reunirnos con Joe en el polígono, a pesar de que no tenía idea de lo que en sí se trataba el polígono, era una sensación extraña la que sentía a la hora de acercarnos al lugar.

El polígono estaba un poco lejos de la ciudad, era un camino oscuro pero cuando vi el letrero con luces de neón que decía *"EL POLÍGONO DEL INFIERNO"* se me hizo un nudo en el estómago.

—No tengas miedo, será divertido. —me asegura Joe.

Él era parte de esto y Ana había estado aquí más de una vez, pero jamás se había atrevido en invitarme, me pregunto si esto tiene que ver con sus peleas.

— ¿Qué hacemos aquí? Parece algo clandestino.

—Lo es. —Afirma Joe—la gente viene a divertirse y algunas personas a algo más, si te sientes incómoda nos iremos enseguida.

—Te gustará, sé que las historias que lees son un poco locas, esto no te sorprenderá. —dijo Ana, sosteniendo mi mano antes de salir del auto.

Caminamos hacia el lugar, las calles estaban desiertas pero se escuchaba al fondo el bullicio de las personas y la música. Mujeres vestían ropa... un poco extravagante de manera callejera, me recordó la historia de *Sodoma* y *Gomorra.*[2] Aunque para mi hay más de diez justos en el mundo, y en cada rincón hay una Sodoma y Gomorra.

Entramos a un gran edificio de cuatro niveles, estaba un poco deteriorado por fuera pero por dentro es todo luminoso y extravagante. Hay muchas personas cuidando a los alrededores.

Definitivamente esto es ilegal.

En la entrada hay un gran bar, meseras usando diminutas faldas de cuero y el abdomen desnudo. También hay una pista de baile y varios juegos de mesa al otro extremo.

Un letrero que parece un mapa del lugar llama mi atención.

---

[2] Ciudades dadas al vicio y perdición.

«POLÍGONO DEL INFIERNO»

BAR DEL INFIERNO	1er Nivel
TIRO AL BLANCO	2do Nivel
INCITACIÓN	3er Nivel
CONDENACIÓN	4to Nivel

Esos últimos dos *Incitación* y *Condenación* llaman mi curiosidad. Definitivamente tengo que averiguarlo aunque Joe cuida mucho de nosotras, ésta es la primera vez que estoy aquí, así que me imagino que sólo llegaremos hasta el segundo nivel.

—No te alejes mucho, hoy vendrán muchas personas—Dice Joe tomándome del brazo.

— ¿Qué son esos últimos dos? —digo señalando el tenebroso mapa.

—Es mejor que no sepas, venimos a ver jugar, es todo.

Ana me toma del brazo y subimos al segundo nivel, las paredes de todo el lugar son negras y hay nombres o seudónimos de las personas que tal vez son parte de aquí.

Un nombre llama toda mi atención de inmediato, es el más grande de todos y escrito más de una vez en todas las paredes.

"EL HALCÓN"

Las paredes están pintadas con obras de arte de estilo clandestino, no es de extrañarse cuando veo a *Hades*, dios del inframundo, en una de las paredes y calaveras alrededor. Hay una larga mesa de cuchillos de todos los tamaños y una gran pared al fondo que forma un círculo blanco, un polígono.

— ¿Tiro al blanco? —pregunté a Ana.

—Sí, pero lo que verás no es cualquier juego tiro al blanco, espero tengas una mente abierta para esto y no me vayas a odiar.

Claro que tengo una mente abierta, supongo. He visto todo tipo de cosas en la mansión Jones, y definitivamente este lugar no me sorprende tanto, pienso que quizás *Tiro al blanco* es eso, lanzar cuchillos hacia la pared al centro del círculo blanco. *Incitación* es posiblemente un cuarto privado de citas, o algo más. Por último *Condenación* es lo que me da escalofrió y no tengo ni la menor idea de lo que hagan ahí.

Tengo muchos conceptos acerca de los condenados y no estoy segura a qué se refiere exactamente el último nivel.

Los condenados. Es el *castigo* de Dios para las personas con *pecados irredimidos*. La condenación puede ser un motivador para la conversión a la cristiandad, pero dudo mucho que aquí haya una hoguera de fuego para lanzar a los condenados a que ardan en el fuego.

¿Qué clase de pecados se cometen en el 4to nivel?

La campana suena y todos forman un círculo alrededor, puedo ver claramente cada polígono. Joe ha desaparecido y me he quedado sólo con Ana. Ella sostiene mi mano con firmeza esperando que yo no salga corriendo por lo que estaba a punto de suceder. Una puerta al fondo se abre y varios chicos salen, los están nombrando uno por uno, y por categoría.

—*Esta noche el Polígono del infierno está que arde*—dice la voz del anfitrión—*démosle la bienvenida a nuestros jugadores y preparen sus jugosas apuestas.*

Me estremezco, parece que está llamando a los condenados al infierno, literalmente.

—*En el polígono número cuatro, muy conocido por los cortes de cabello que practica: "Scissorhands[3]"*

---

[3] Manos de tijera.

La gente aplaude y hacen ruido con las botellas. El *manos de tijera* lleva en sus bolsillos irónicamente, tijeras o parte de ellas.

—En el polígono número tres, la antorcha humana no se compara con él: "Fireman[4]"

Tiene que ser una broma.

¿En serio?

—En el polígono número dos, el más temible por todos, ha venido hasta su casa el infierno: "Lucifer".

Resoplo, ¿Qué clase de alias es ése?

—Y nuestro campeón, el número uno, el que nunca falla sus tiros ya que cuenta con un ojo calculador y preciso, un fuerte grito para nuestro: "Halcón[5]"

Se escucha un ruido extremadamente fuerte, aplausos y botellas suenan, la gente está excitada con sólo escuchar el último jugador.

Todo es un fuerte eco, como si se tratara de un campeón mundial, en pocas palabras parece que eso es, al menos en el polígono del infierno es su campeón, número uno como lo ha dicho el anfitrión.

---

[4] Hombre de fuego.

[5] Aves falconiformes más rápidas del planeta.

Los tres primeros jugadores son de aspectos rudos, atractivos y musculosos aunque *Lucifer* es de un aspecto más tenebroso como era de esperarse.

El último jugador el *Halcón*, me atrapa de una manera inesperada, es el más atractivo de todos, cabello marrón y metro ochenta.

Cuando se quita la chaqueta todas las mujeres se vuelven locas, no lleva nada, está totalmente con el torso desnudo, su espalda está toda tatuada y sus brazos son fuertes y musculosos con un ligero bronceado, parece que su cuerpo es un lienzo para que alguien haga una obra de arte en él, sus anchos hombros son espectaculares.

¡Por Dios!

El *Halcón* es hermoso.

Sostengo la mano de Ana demasiado fuerte. — ¡Ay! Tranquila, Belle. Todavía no has visto nada.

— ¿Por qué hay cuatro polígonos? — pregunto sin quitar mis ojos del *halcón.*

—Todos pelean por llegar al polígono número uno, el *halcón* ha estado ahí siempre así que la competencia se basa en lugar y apuesta.

— ¿Vas a apostar? —pregunto esta vez viéndola a los ojos.

—No, Joe me mataría. Tú tampoco deberías, primero mira y la próxima vez quizás Joe te deje apostar.

Antes de hablar de *próxima vez* quiero ver de qué se trata todo este asunto del *infierno.*

— ¿Dónde está Joe? — ha desaparecido antes de que los jugadores hicieran su entrada triunfal.

—Él cubre las apuestas, vendrá dentro de poco.

—*Tiradores a sus lugares, ¡Que comience el juego!* —grita el anfitrión con excitación.

El primero en jugar es el *Scissorhands* en el polígono número cuatro, él toma posición a largos metros desde el polígono. No parece nada grave ni nada fuera de lugar, hasta que unas chicas vestidas de forma... sexy, aparecen enfrente de éste.

Una de ellas tomó lugar nada más y nada menos que en el ¿¡Polígono!?

¡Ella está en el blanco!

Mi boca se abre, literalmente y Ana aprieta mi mano para que reaccione.

— ¿Es lo que creo que es? —Pregunto arrastrando las palabras.

Ella sonríe por mi reacción.

—Sí.

— ¿Qué pasa si la lastima o la mata? —Estoy asustada.

—Nada de eso ha pasado, sólo he visto unos cuantos rasguños pero nada grave, aunque sería una gran hazaña que alguien muriera por un lanzamiento de esos cuchillos, no quiero ni imaginarlo. —niega con la cabeza.

¿Pero qué ocurrencia?

Al menos tiene un poco de conciencia de que este lugar es peor que el *infierno.*

La gente guarda silencio y lo último que se escucha es el sonido de aire cortado, cierro mis ojos y muerdo mis labios y espero que al abrirlos la chica no tenga una tijera en un pecho.

Murmullos y aplausos siguen a éste, y para firma triunfal ella aparta un mechón de cabello y la lanza sin vacilar y lo corta. Era el *Scissorhands*, después de todo.

De eso se trataba *tiro al blanco*, lanzar alrededor de una chica ardiente que ni pestañea.

Tercer polígono, *Fireman.*

—Oh, no es lo que imagino.

—Oh, sí que lo es. —me sigue Ana.

Ƹ33Ʒ

Lanza el primer cuchillo en llamas a su alrededor, la chica parece asustada al principio pero después se relaja, quizás es su pareja, solamente una loca enamorada podía hacer algo así por su novio.

Segundo polígono, *lucifer*, aquí no tenía idea de lo que iba pasar, ¿Lanzará un trinche?

Los jugadores anteriores tienen sus propios cuchillos de un tamaño aceptable, pero cuando *lucifer* lanza un cuchillo de cocina se me escapa un gemido del susto. Después lanza un chuchillo que parece una garra y la clava en una de las muñecas de la chica pero mágicamente no la lastima.

No puedo respirar, ni siquiera pestañeo, estoy estúpidamente sorprendida por lo que estoy presenciando, nunca me imaginé que la gente hiciera esto por diversión.

Después de varios lanzamientos de diferentes tipos de armas blancas, la chica sale ilesa.

Cuando el *Halcón* se dirige a la mesa que está cerca de nosotras, sus ojos se encuentran con los míos por un segundo.

Son los ojos de un *halcón* de verdad, tan grises que parecen blancos en la luz. Me da una mirada seria y la comisura de su labio se levanta un poco.

¿Me ha sonreído?

Toma varios cuchillos de un aspecto extraño, son diferentes a los demás, parecen que están hechos especialmente para él.

Me pregunto el origen del *halcón*, sé que no es sólo por sus ojos.

Cuando toma posición, la chica también lo hace, debo admitir que es la más bella de todas, tiene su cabello recogido, es muy voluptuosa.

Respiro profundo en espera de algo nuevo, ya nada me puede sorprender, después de ver a tres chicas poniendo su vida en peligro, ésta no será la excepción.

Lanza el primero, después otro, hasta que cinco tiros son clavados en menos de cinco segundos. Todos se incrustaron directamente alrededor de su cuerpo. Cuando me suelto de la mano de Ana ella la toma de nuevo.

—No ha terminado—dice sonriendo.

Otra chica se acerca a él y le venda los ojos con un pañuelo.

¡Demonios!

Tenso mi mandíbula esperando que los últimos cinco cuchillos queden clavados en todo el cuerpo de la chica, le espera una muerte rápida.

Sostengo la mano de Ana y muerdo mi labio inferior, un silencio abarca todo el lugar y se escucha cómo el aire se corta, lanzando los cuchillos con más rapidez que los anteriores, y que van a dar directamente alrededor de la cabeza de la chica.

¡Dios Mío! Eso es suicidio.

No puedo hablar, aclaro mis ojos varias veces para salir del modo trance. Es un *halcón*, tiene que serlo. Ahora entiendo su lugar, nadie puede igualar nada como eso.

—Mierda, Belle. ¿Estás bien? —pregunta Ana, tocando mi rostro.

—S…Sí.

—Deberías de ver tu cara, el *halcón* te ha excitado.

—Es increíble, pero no tanto. —Miento.

Es la cosa más increíble e inhumana que he visto en toda mi vida. Es increíble pero jodidamente peligroso.

Después del juego, todos bajaron al bar a celebrar, no sabía si celebraban que un día más nadie había muerto o por sus jugosas apuestas. Había escuchado a Joe que era una suma bastante alta, no me extrañaba que los chicos tuvieran esas armas tan medievales después de todo.

— ¿Qué te ha parecido, Belle? —pregunta Joe con un fajo de dinero en la mano.

—Todavía estoy encontrando la palabra adecuada. ¿Me vas a decir ahora que son los últimos dos niveles? —insisto.

—No, te diré que si esto te sorprendió quizás lo otro te haga salir corriendo.

— ¿No juegan ahí? —Intento escarbar.

—No, es algo más... especial.

—Dame una pista, te prometo que no iré, sólo tengo curiosidad.

Resopla. —Te diré el tercer nivel, pero no te diré el último, es como un secreto que sólo los jugadores son parte y... sus chicas. —frunce el cejo.

—Está bien, por esta vez me conformaré con eso. —sonrío en complicidad, pero sé que tengo que averiguarlo tarde o temprano.

—*Incitación* es el cuarto donde vas a conocer a alguien en especial para que te condene. Algunas personas van directamente a la sala de *Condenación* sin conocer antes al que lo condenará. Es un cuarto muy *explícito.*

Explicito, sé a lo que se refiere con eso.

—Entonces es como escoger a tu castigador, ya sea tu dios o un amo.

—Algo así, esos libros te van a volver loca—Bromea.

Dejo de insistir, ya tengo suficiente como para poner mi mente a viajar más de la cuenta.

Vamos al *Bar del infierno* la gente está celebrando y bailando, otros reparten dinero. Ana no se aparta de mí en ningún momento ni Joe tampoco, fue extraño que no me presentará con nadie, supongo que es mejor así.

Los jugadores no están en el bar, entonces mi mente viaja, seguramente están en algunas de las últimas salas. Un nudo se forma en mi estómago, al imaginarme que alguien podría excitarse después de estar al borde de la muerte.

—Cariño, vamos a bailar—Dice Joe tomando de la cintura a una Ana.

—No podemos dejar a Belle sola— se queja.

—Estaré bien, después de todo sé defenderme. —les aseguro para que vayan a divertirse un poco.

Veo cómo se dirigen a lo que es la pista de baile, la música suena demasiado fuerte, el ambiente no es desagradable, pero tampoco es mi lugar favorito en el mundo después de una biblioteca clásica.

— ¿Quieres bailar, preciosa? —giro mi cabeza hacia la voz que me habla.

—No, gracias. —digo entre dientes. Es el famoso *Lucifer.* De cerca puedo ver sus ojos grandes y azules, cabello desaliñado, muy guapo pero su aliento etílico me da temor.

—Nunca te había visto por aquí. —intenta hacer una conversación.

—Nunca había venido.

— ¿Cómo te llamas?

—Isabelle. —sonrío un poco y busco a Ana y a Joe pero no puedo verlos desde aquí.

—Un placer conocerte, Isabelle.

—Igual—Extiendo mi mano y él besa mis pálidos nudillos.

—Te invito una copa—Me sonríe con sus ojos azules brillantes.

—No bebo, pero gracias.

—Una chica como tú no debería de estar en un lugar como éste, no tomas y no bailas y seguramente no estás aquí para ser *incitada* y *condenada.* —dice con voz ronca.

—No tengo idea de lo que estás hablando. —refunfuño viéndolo fijamente a los ojos. No me dejo intimidar de nadie y mucho menos por un *lucifer borracho.*

—Es una lástima, si quieres puedo enseñarte. — Se acerca un poco y pongo mi mano en su pecho, su corazón late fuerte y estoy segura que no soy yo quién causa ese efecto.

—Gracias, pero no estoy interesada. —lo fulmino con la mirada. Él toma mi muñeca muy fuerte y hago una mueca de dolor.

Los ojos de *Lucifer* o como sea que se llame se abren como platos al observar detrás de mí.

—Escuché mal o ella te dijo que no estaba interesada, *Lucifer.* —gruñe alguien.

—Creí que estarías ocupado siendo condenado después de tu gran presentación.

—Te equivocas, es mejor que te vayas y la dejes tranquila, ella está con Joe.

Lucifer me dirige una mirada de lujuria y se aparta de mí. No sé quién le ha dicho que estoy con Joe, todavía estoy intentado respirar, he contenido aire en mis pulmones durante todo este momento.

—Respira—Me susurra al oído.

Cuando volteo no hay nadie.

43

Regresábamos del polígono, en mi cabeza estaba todavía la mirada de *Lucifer* en los ojos del extraño que me defendió, pero aquella voz que me salvó era la que me tenía en las nubes, era una voz ronca pero a la vez suave, sentí sus labios en mi oído y su respiración en mi cuello.

¿Quién era él?

—Despierta, no me digas que estás traumada—Dice Ana tocando mi cabello.

—No, fue... genial. —sonrío para mis adentros.

— ¿Tienes muchos amigos en el polígono? —pregunto a Joe.

—Sí, prácticamente los conozco a todos, saben respetarme y respetar a Ana.

—Tu tío debe de ser alguien genial para que tú seas parte de algo así.

Ana me había dicho que el tío de Joe era el dueño del lugar.

—En realidad el polígono lo formé con mi mejor amigo y mi tío es una pantalla para que nadie sepa que somos nosotros los dueños del lugar. —dice riéndose.

—Es muy inteligente de tu parte y la de tu amigo.

Nos detenemos en un restaurante cerca de casa, estoy famélica después de ver la muerte en vivo, el polígono es la versión moderna del infierno en el mundo actual.

— ¿Qué quieren comer, señoritas? — Pregunta Joe.

—Una ensalada para mí, gracias. —digo viendo a mi alrededor, hay pocas personas pero por su manera de vestir vienen también del polígono.

—Alguna vez comes comida de verdad, señorita vegana—se mofa Joe.

—Déjala tranquila, ojala fuéramos como ella. —me defiende Ana.

Al sentarnos en una mesa cerca a la salida, jugueteo con mis nudillos y pienso en esa extraña voz, ojala le hubiera agradecido por salvarme de la versión joven de Hades.

— ¿En qué piensas, Belle? —pregunta Ana. La mirada de Joe también es de intriga, puedo ver en sus rostros que están preocupados por haberme traumado en el polígono, pero no es nada de eso.

—Tendré que ver apartamentos pronto antes de que empiecen las clases. — me encojo de hombros.

—Odio que tengas que irte, pero te apoyaré en lo que creas mejor para ti.

— ¿En serio quieres mudarte? —pregunta Joe haciendo una mueca.

—Sí, ahora que cuento con un salario adecuado para mis gastos, es la mejor oportunidad para hacerlo.

Joe frunce el entrecejo y toca su barbilla.

— ¿Qué pasa, cariño? —le pregunta Ana tocando su hombro.

—Puedes mudarte donde vivo, sé lo que es buscar apartamento y no hay un lugar digno de Chicago que sea adecuado para una chica como tú y tu salario, sin ofender.

—Eso me parece bien— lo apoya Ana.

Yo sigo sin entender y Joe continúa: —La casa donde vivimos es bastante grande y hay una habitación de invitados vacía, está amueblada, puedes pagar lo mínimo y ayudar un poco, ya sabes, los hombres somos un desastre viviendo solos. Hablaré con Matt. — se acomoda de nuevo.

— ¿Quién es Matt? —pregunto viendo a Ana. Ella disimula viendo hacia su novio.

—Matthew Reed es mi mejor amigo, con él comparto la casa, él es el dueño y creo que no habrá ningún problema con que una chica se mude con nosotros, no tendrás de qué preocuparte.

—No sabía que tenías un mejor amigo.

—Nos gusta mantenernos al margen.

Mudarme con Joe y su mejor amigo no estaba en mis planes, pero Joe es mi mejor amigo, confío en él y su propuesta no podría ser mejor en estos momentos.

—De acuerdo, me parece bien, si a ti no te importa— miro a Ana para ver su expresión.

—Por supuesto que no, qué mejor idea que tu mejor amiga vigile a tu novio. Además podré escaparme de vez en cuando con la excusa de ir a verte— me hace un guiño.

Joe se levanta para ir por nuestro pedido y yo me quedo con Ana, pienso en mi madre y en *él* en ese momento. Nunca he vivido sola y parte de mí tiene miedo de que *él* pueda encontrarme e intentar hacerme daño, de nuevo.

—Estarás bien, no estarás sola, me tienes a mí y además estarás rodeada de dos chicos fuertes — Ana intenta consolarme, sabe en lo que estoy pensando.

Es mi sueño, y el de mi madre, tengo que intentarlo, sólo llevo dos años en la universidad y me han transferido por una beca que gané en una de las mejores universidades especializadas en literatura y otras licenciaturas, no estaré sola, Ana y Joe asisten en la misma, pero a diferencia de ellos dos, tienen cómo pagarla, yo no, por eso he aplicado a una beca y gracias a los dioses de los novatos en historia, la he ganado.

Cuando Joe llega con la comida, inmediatamente saco mis gafas y empiezo a comer.

—Siempre haces eso, es cómo que estuvieras ciega cuando comes. —resopla Ana.

—Mi madre lo hacía, ella decía que los ojos son la ventana del alma seguido de lo que te nutre, me siento mejor cuando lo hago de esta manera es como si estuviese conmigo cuando nutro mi alma. Al igual que cuando leo.

—Eso suena lindo, nunca lo habías explicado de esa manera.

—Estoy seguro que nos llevaremos bien en casa—Joe sonríe.

De eso estoy muy segura, mi carrera es diferente a la de ellos, Ariana estudia Derecho, admira mucho a sus padres y Joe es también estudiante de Derecho y presidente de la facultad, es un pequeño genio detrás de esos tatuajes aterradores.

—Mira quién viene ahí, él culpable de que todavía me duela la mano—Gruñe Ana.

No hago caso a quién se refiere, sigo viendo mi ensalada que he dejado de comer por estar jugando con ella y pienso en mi madre y su sueño.

—Estuviste genial hoy, *Lucifer* me ha dicho que estabas jugando al príncipe azul.

Eso me hace salir de mi mundo melancólico, siento una presencia enfrente de mí pero sigo sin levantar la mirada.

—No creo que hayan príncipes azules en el infierno, pero me sorprendió encontrarme con una *Lepidóptera*[6]—dice una voz ronca muy familiar, alzo la vista y me encuentro con unos ojos grises muy diferentes a los que había visto en el polígono, esta vez es una mirada de aliento.

¿Por qué me llama *Mariposa?*

No esperaba que alguien como él supiera el verdadero nombre científico de uno de

---

[6] Lepidóptera (Mariposa) del griego «lepis», escama, y «pteron», ala.

los insectos más hermosos de la naturaleza.

—Ni siquiera quiero saber qué significa eso—carcajea Joe.

Bajo la mirada nerviosa hacia mi ensalada, su mirada gris me pone nerviosa.

—Te veré luego—dice el *halcón*. Una chica lo espera en otra mesa, es la misma chica a la que le lanzó aquellos diez cuchillos.

Suspiro y sigo comiendo mi ensalada. Él me mira de lejos pero esta vez no sonríe y la morena lo besa apasionadamente como para dejar claro algo. La pregunta es: ¿A quién?

~Σ53~

Esa noche en mi habitación recordaba a mi madre mientras leía a *Los hermanos Karamazov*[7], pensaba el personaje de *Aliocha* decía que: *Quería vivir para alcanzar la inmortalidad. Del mismo modo, si hubiera llegado a la conclusión de que no existían ni la inmortalidad del alma ni Dios.*

Entonces me pregunto qué tanto podemos vivir para convencernos a nosotros mismos de qué cosas existen y cuáles no.

Estoy segura que el perdón no existe, ni siquiera para mí. De algo estoy consciente y es que no siempre he querido vivir eternamente.

Quizás mi madre se encuentre en el purgatorio que no es un espacio físico y se define como un estado transitorio de purificación y expiación después de la muerte, donde las personas que han muerto sin pecado mortal, pero que han cometido pecados leves no perdonados.

El suicidio, una de las decisiones que se toman para siempre, o bien, el acto más valiente de un cobarde como lo llaman

---

[7] Libro de FEDOR DOSTOIEWSKI.

muchos. Pero también encierra el acto más desesperado de un ser humano. Muchas veces se confunde la infeliz existencia en el mundo a dejar de existir en el mismo.

No sé si mi madre quería irse para siempre o estaba desesperada por algo.

Mi madre no fue una mujer cobarde pero tampoco fue tan valiente para buscar ayuda. Ella podía hablar conmigo, hablábamos todas las noches de muchas cosas, confiaba en mí y yo en ella, pero ¿Por qué?

Pensar en que mi madre me abandonó por un acto de cobardía sería muy estúpido de mi parte. No quiero pensar de esa manera cuando fue ella la que me enseñó el significado de cada una de esas palabras.

Podía perdonarlo todo, pero jamás perdoné a mi padre por convertirse en un hombre tirano que desde muy joven adoptó por tener el síndrome del emperador, según me contaba mi madre.

Ana está con Joe en su habitación, la casa se siente demasiado sola en estos momentos o es mi estado energúmeno de emociones encontradas por las noches, siempre me pasa lo mismo. Se me hace casi imposible conciliar el sueño. Así que tengo que recurrir a mi pequeña adicción secreta.

—Odio que tomes eso, Belle—Ana me sorprende en la cocina tomando una pastilla para dormir.

—También lo odio, pero es peor no dormir. ¿Qué haces despierta?

—Tampoco puedo dormir, he hablado con Joe, me ha prometido cuidar de ti y más le vale que así sea.

Sonrío para mis adentros, es típico de Ariana Cooper que sea sobreprotectora conmigo.

—Gracias, estaré bien, sé defenderme sola, ya lo sabes.

—Quisiera poder verte feliz, con alguien, te mereces empezar también de cero en esa etapa. —Ana empieza a tocar un tema delicado. Y siempre es ella la que termina llorando.

En cambio yo, he dejado de hacer eso hace mucho tiempo. Ana no lo sabe pero sólo lloro dormida. Después del suicidio de mi madre me es imposible llorar hasta por las cosas más triviales de la vida, algo que me hace sentirme inhumana por unos momentos pero al mismo tiempo me hace sentir fuerte y no débil, eso último se lo demostré a mi padre, no derramé ni una sola lágrima ante él durante toda mi vida.

Ni siquiera cuando *él* me lastimó lloré.

—No vine a enamorarme, estoy segura que lo sabes pero no espero que lo entiendas, Ana.

—No me gusta verte sola, necesitas conocer esa parte de ti.

—La parte amor, ya la conozco, no sólo existe en la pareja, puedes aplicar el amor en la amistad y en la familia. No soy una persona incompleta solamente porque no me he enamorado.

— ¿Ni siquiera te enamoraste de Thomas?

—Ni siquiera de él. Ya sabes lo que pasó y no quiero repetírtelo de nuevo.

—Él es un imbécil por haberse comportado como un crío contigo. —gruñe enfadada.

—Éramos unos críos. —la corrijo.

Me había olvidado completamente de Thomas, mi ex novio, ni siquiera fue mi primer amor, prácticamente me rogó para que fuese su novia y era un chico dulce y simpático además de guapo venía de una buena familia. Pero eso no le daba motivo para engañarme por no querer acostarme con él, tenía diecinueve años cuando le conocí, y el sexo no era una etapa que quería experimentar en esos momentos con él y mucho menos con alguien que no amaba.

—Es mejor que vaya yendo a la cama, no quiero desmayarme por la pastilla.

—Te veré mañana, espero que Joe hable con su amigo mañana mismo.

Regreso a mi habitación y me detengo viendo un cuadro que mi madre me regaló, *El primer beso*[8] de *William Adolphe Bouguereau.* Me llamó mucho la atención la primera vez que la vi. Un ángel infante da un beso en la mejilla a una infante rubia con alas de mariposa.

Mariposa.

Pensaba en mi primer beso, el beso del *niño de los ojos hermosos*, ése fue mi primer beso, era uno de mis secretos, ni siquiera Ana lo sabía.

A pesar de que mi noviazgo con Thomas no fue duradero todavía no había sido besada como lo había soñado más de una vez. Un beso cálido, húmedo, vehemente y lleno de amor, un beso que me haga

[8] L'Amour et Psyché, enfants (en francés Cupido y Psique, infantes)

temblar y llene de éxtasis todo mi cuerpo, el día en que alguien me haga sentir de esa manera, se llevará mi *segundo primer beso.*

—Te encontraré mi pequeña Isabelle, serás mía donde quiera que vayas, ahí te encontraré.

— ¡No, déjame en paz! Papá se enterará de esto.

—No te creerá.

—Irás al infierno por lo que has hecho.

—Te arrastraré al infierno conmigo entonces, y serás mía por la ardiente eternidad.

63

Abro los ojos, es otra pesadilla que tengo con *él*, he dejado de contarlas durante un año. Algunas noches se van pero sé que regresarán y siempre me dice lo mismo y despierto al sentir mis mejillas húmedas.

Nunca he soñado con mi madre, quisiera que en sueños me dijera qué fue lo que realmente pasó pero temo que me haga la misma pregunta y no voy a saber la respuesta.

Después de una ducha y un leve desayuno me voy a la casa de los Henderson, espero que Katie y Mike hayan hecho el ensayo que les dejé sobre La familia después de haber sido irrespetuosos con sus padres, no es que sea una tutora gruñona, pero fue lo más conveniente por hacer, mi madre una vez me castigó de la misma manera.

Katie es una adolescente hermosa de quince años y Mike de doce años, imparto tutorías de historia, francés, italiano y latín. Gracias a mi madre y sus conocimientos ella misma me enseñó a hablarlos desde que tenía cinco años.

Al llegar a casa del Sr. Y la Sra. Henderson, Me reciben amablemente mientras que su hijo mayor, David me sonríe de oreja a oreja.

—Es un placer verte de nuevo, Isabelle.

—Gracias Sra. Henderson.

—Katie y Mike se han mantenido muy cultos este fin de semana gracias a ti. Parece que el castigo que les has dejado ha funcionado.

Rio para mis adentros. Cuando yo tuve ese castigo di pataletas y lloré por horas para no hacerlo.

—Me alegro mucho saberlo, Sra. Henderson.

Una hora después de empezar la tutoría para su clase de historia, un David muy ansioso está presente en el despacho de sus padres viéndome con mucha imaginación.

— ¿Qué tanto me ves? —pregunto incómoda.

—Te ves hermosa hoy, no es que los otros días no lo hayas sido. —Fanfarronea.

David es tres años mayor que mí, atractivo y popular. Su gusto por los deportes extremos y sus escapadas de noche para ir sabrá Dios dónde, no es precisamente lo que me gusta de él, es su forma de tratarme, es amable y se preocupa por mí y por sus hermanos menores que no sigan su ejemplo, es la oveja negra según lo llaman sus padres, un término un poco despectivo para alguien que es su hijo. Es un chico muy lindo, cabello rubio, ojos verdes como las hojas de los árboles y un cuerpo fuerte y marcado.

David es muy inteligente y aplicado a diferencia de sus dos hermanos menores. Pero David tiene problemas con el alcohol, algo que a pesar de no admitir en voz alta puedo verlo en su comportamiento a diario y se avergüenza que yo lo sepa.

— ¿Qué hiciste el fin de semana? — Pregunto. Sé cuál es la respuesta pero prometió buscar ayuda e incluso me ofrecí en acompañarlo.

Toca su cabello nervioso. —Salí con unos amigos. ¿Y tú?

—También, nada en especial, me gustan tus evasivas. —agrego con sarcasmo.

— ¿Podemos hablar en la cocina? —Me pide con un gesto de dolor.

Mientras los chicos terminan la asignación del día, decido hablar en privado con David, a pesar de que ya sé lo que me dirá. Excusas.

— ¿Qué pasa?

Suspira desesperado. —Te amo, Isabelle.

Oh, David.

—David... yo. — mi madre no me enseñó cómo rechazar un gesto de amor sincero.

—No digas nada, sólo quiero que lo sepas, cambiaré, Belle, cambiaré por ti.

Lo único que puedo hacer es abrazarlo, pero no me atrevo a hacerlo, de hecho no he abrazado a nadie desde *aquel* día.

—Tienes que hacerlo por ti, por tu familia, David, no por mí. Yo no quiero arrastrarte a una ilusión donde tú y yo sabemos que no puedo darte lo que me pides, te quiero, como mi amigo. Perdóname pero no estoy preparada para esto.

—Lo sé, pero voy a demostrártelo, Belle.

Dioses de los amores no correspondidos, ayúdenme.

—Te ayudaré con lo que pueda, pero tienes que prometerme que no harás nada estúpido, David.

—Te lo prometo.

Dicho esto, cerramos el trato con un apretón de manos y regresamos al estudio. David y yo asistimos a la misma universidad, y habla más idiomas que yo, se rehusó a impartirle tutorías a sus hermanos para que sus padres me dieran el trabajo. Muy generoso de su parte, pero estoy segura que detrás de todo eso tiene que ver en que él pasa fuera de casa mucho tiempo.

~Σ73~

Después de tres horas de tutorías y escuchar a David recitarme poemas de amor en italiano, regreso a casa después de recibir un mensaje de Ana. Dijo que tenía buenas noticias y que Joe estaba con ella.

Ambos están en la sala con cara de pocos amigos.

—Dijiste que tenías buenas noticias. —me quejo y me tiro al sillón.

La cara de Ana dice mucho mientras que un Joe avergonzado la acompañaba.

—Me mentiste—suelta Ana sin verme a los ojos.

— ¿De qué hablas?

—Dijiste que las estabas tomando, sabía que algo no andaba bien.

Miro sobre la mesa, las pastillas que el médico me recetó después de *aquel* día.

—Anoche te vi tomando las de dormir y supuse que también seguías tomando las que te ayudan a no recaer. ¿Qué está pasando, Belle? —sus ojos están llenos de lágrimas.

—Ariana, por favor, no espero que entiendas siempre te lo he dicho, solamente llevo una semana sin ellas.

— ¡Las necesitas! ¡Es por tu bien! — se levanta y me quiere abrazar pero se detiene.

Es humillante no poder abrazar a mi mejor amiga.

—Tranquila, cariño—Joe la abraza.

—No estoy loca, Ana. Estoy bien.

— ¿Y si empeoras por no tomarlas?

—Te prometo que volveré a tomarlas si me siento mal.

—Sé que odias tomarlas, pero el médico dijo...

—Me importa poco lo que un médico diga, conozco mi cuerpo y mi mente, estos días me he sentido bien, ¿Tienes idea de lo que se siente estar en modo trance por esta porquería?

No responde.

—No quiero terminar como mi madre, Ariana. Ella no estaba loca.

— ¡Ni tú tampoco!

Respiro profundo y lucho con todas mis fuerzas para poder abrazarla y lo hago por unos pocos segundos, eso es un gran avance.

— ¿Ves? Antes no podía hacerlo. — sonrío.

Joe sabe lo que pasa pero nunca indagaba en el tema, supongo que para no hacerme sentir mal.

—Prométeme que no las dejarás del todo hasta que estés bien, como a un bebé que deja su biberón poco a poco hasta la madurez.

—Te lo prometo.

Joe acaricia mi cabello, como si yo fuera un pequeño cachorro indefenso pero es su forma de decir que me quiere y que mi amistad es importante para él. Como lo es para Ana.

Después de una intervención, salimos a tomar un café a los alrededores. Y Ana saca el tema a la luz del amor que siente David por mí. Joe dice que si intenta propasarse algún día conmigo él será el primero en ir a destrozar su cara de niño rico.

—No es su culpa que se haya fijado en mí— resoplo.

— ¿Estás loca? Eres hermosa e inteligente, por supuesto que no es de extrañarse, pero lo he visto en el polígono y lo he visto en los últimos niveles, no me extrañaría que fuese un psicópata con las mujeres. —Dice Joe con malicia.

—En eso tienes razón, eres bella todo el paquete completo, y del polígono no hay que hablar. — lo corta Ana. Sé que ella conoce esos dos niveles y no quiero imaginármelo.

—Hablé con Matthew y está de acuerdo con tener una nueva inquilina en casa.

— ¿En serio? — mis ojos se iluminaron.

—Sí, te ayudaré con la mudanza.

Ana se pone melancólica de nuevo y yo me siento la peor amiga del mundo. Disfrutamos de un café y mientras voy al tocador me cuestiono por el mejor amigo de Joe, Matt. ¿Será tan amigable como él?

Al regresar a la mesa no puedo resistir la curiosidad, al fin de cuentas compartiremos el mismo techo, tengo derecho a saber un poco de él.

—Matt es un chico diferente, ya lo conocerás mejor y espero que se lleven bien, a lo mejor comparten los mismos intereses. — murmura y Ana lo patea debajo de la mesa.

— ¿Me perdí de algo? — los veo con curiosidad.

—Nada, espero que te sientas como en tu casa.

Durante el resto de la tarde, seguimos conversando acerca de la nueva oportunidad de trabajo que Joe rechazó fuera de la ciudad por no separarse de Ana, éste había sido el motivo de su última pelea. Estaban enamorados y separarse en esos momentos era como decir que la tierra era plana y que estaba sostenida por cuatro elefantes según la teoría de los hindúes.

Al día siguiente, mientras Ana estaba con el amor de su vida en el cine, yo estaba de compras para lo que iba a necesitar en la que sería mi nueva aventura de vivir sola y ser independiente.

A los diecisiete años dejé atrás Washington y los señores Cooper me alojaron en su casa bajo su cuidado, han sido maravillosos conmigo y no podía estar en un mejor lugar que, la ciudad de Chicago, *La Ciudad de Los Vientos, La Segunda Ciudad.*

Se considera esta ciudad como el origen de los rascacielos.

Mi madre había viajado por todo el mundo cuando era estudiante de historia y compartió conmigo algunas historias de sus viajes. Lo primero que quise hacer cuando llegué a Chicago fue ir al *Museum Campus Chicago*, un parque de 10 acres frente al lago y que reúne a los tres principales museos de la ciudad.[9]

Pero por más que intentaba acercarme a los lugares que ella visitó, había un lugar en especial que deseaba ir algún día, lo guardaba como el secreto más íntimo en el fondo de mi corazón, mi madre siempre hablaba de Grecia, la tierra de los griegos.

Oia, Santorini[10] *Oia* es un pintoresco pueblo en el borde noroeste de la isla de *Santori.* El mejor lugar del mundo y el más romántico decía ella. Quisiera casarme en la iglesia de *Santorini* algún día.

Estaba oscureciendo y todavía no terminaba mis compras, mi teléfono sonó, era una llamada de Ana.

—Pensé que la película terminaba dentro de dos horas. —Bufé mientras caminaba por la calle.

—Lo sé, solamente te llamaba para ver si estabas bien. ¿Cómo van las compras?

---

[9] Field Museum of Natural History, el Shedd Aquarium y el Adler Planetarium.

[10] Es una ciudad pequeña y antigua comunidad en el Egeo del Sur en las islas de Thira (Santorini) y Therasia ,en la Cícladas, Grecia.

—No muy bien, las compras no se me da, pero lo intento.

—Tenía que haber ido contigo—Ana se queja. Sé que quería acompañarme pero hace mucho tiempo que quería ir al cine con Joe.

—Tú disfruta de la película, dentro de dos horas te veré en casa.

Terminé la llamada y después de estar segura que Ana disfrutaría de la película sin estar preocupada por mí, entro a un pequeño restaurante, uno de mis favoritos de la ciudad, antes de continuar con mis compras de mudanza.

No era necesario ver el menú, siempre sabía lo que quería cuando entraba a este lugar. Las ensaladas eran lo mejor aunque Ana se quejara que era comida de conejo.

—Buenas noches, señorita. —Me saluda la mesera.

—Buenas noches, quisiera una ensalada griega, por favor.

—En seguida.

—Gracias.

Jugaba con mi teléfono y mis gafas mientras observaba por el cristal la calle, la gente pasaba y me preguntaba si esas personas tenían su historia al igual que yo. Supongo que sí. Todos somos un libro, aunque muchas personas les gusta mantenerlo cerrado, como yo, así también hay personas que son como un libro abierto para otras.

—Hola, mariposa.

¿Mariposa?

Salgo de mi modo trance y sigo la voz que me saluda.

—Hola, *Falco*[11].

Levanta una ceja sorprendido, sí, lo sé. Es extraño que una persona como él supiera el nombre científico y ahora le parecía que una chica de gafas y apariencia timorata también lo supiera.

—*Touché.* — responde él.

— ¿Te conozco? — lo fulmino con la mirada, sé que es el típico chico "*Ríndete a mis pies"* y yo no soy de ese planeta.

—No, pero te gustaría. —contesta con arrogancia.

— ¿Perdón?

—Te perdono—se acerca y susurra: —por ser tan hermosa.

---

[11] Es un género de aves falconiformes, cuyas especies son comúnmente conocidas como halcones

No sé qué decir, sus ojos grises me recuerdan a los ojos de *Atenea* la diosa de la inteligencia y la sabiduría. Pero por otro lado me recordaba a *Hades*, su apariencia de chico rudo el campeón del *polígono del infierno*.

El momento fue interrumpido cuando la mesera trae mi ensalada, él la mira como un niño que hace mueca cuando le dan un plato lleno de verduras y sonríe, es la primera vez que veo su sonrisa real, o al menos una sonrisa de verdad.

Una muy hermosa.

Recuerdo que tenía novia y lo ignoro metiendo el tenedor en la ensalada mientras él me mira y sigue sonriendo.

Sin decir nada más desaparece como la primera vez, es un gran alivio poder terminar de comer sin los ojos de un *dios* clavándose en mi nuca.

Un calambre se apodera de mis manos, posiblemente estoy deshidratada porque no he comido prácticamente nada en todo el día, camino hacia el lavado y mojo mi cara un poco, estoy pálida y algo mareada.

En las compras del día dos frascos más de pastillas para dormir estaban incluidos y había sido lo primero que había comprado.

Pagué la cuenta del restaurante y salí de ahí para seguir las compras, solamente me hacía falta la comida de conejo.

— ¿Isabelle?

Escucho esa voz y decido ignorar, cuando doy dos pasos más me toma del brazo para detenerme.

꧁83꧂

—Hola, Thomas.

—Me da mucho gusto volver a verte.

—Es muy considerado de tu parte, cuando te encontré con tu amiguita no estabas tan alegre. — digo con sarcasmo. Era la última persona en el mundo que quería ver esa noche. Después de *él.*

—Lamento mucho lo que pasó. —su cara es de vergüenza y puedo ver el rabo entre sus patas.

—Déjalo así. Me tengo que ir.

— ¡Espera! —grita tomando de nuevo del brazo.

—No vuelvas a ponerme una mano encima, Thomas Price. — mi voz suena temblorosa.

—Lo siento, no quería hacerlo. Pero tienes que escucharme.

—No quiero, y no lo haré. Supongo que seguiré viéndote la cara en la universidad así que desde este momento te ordeno que te alejes de mí.

No dice nada, su cara lo dice todo. Me desconoce.

No estuve enamorada de Thomas mientras fui su novia, pero eso no le daba derecho a tratarme como lo hizo, había pasado un año desde que rompimos y había pedido a todos los dioses en contra del engaño que lo alejaran de mí.

Paso cerca de él y nuevamente me toma del brazo, esta vez con más fuerza haciéndome hacer una mueca de dolor y mis bolsas caen al suelo. Me asusto por lo que sé de lo que es capaz de hacer y en ese momento sólo recuerdo *aquel* día.

— ¡Suéltame, Thomas!

—No te dejaré ir sin que me escuches. — gruñe.

—Me estás lastimando. — Me quejo tratando de soltarme de su agarre.

Cuando Thomas intenta tomarme con la otra mano que tiene vacía, unas manos fuertes se ponen enfrente de mí haciéndome estremecer y alejándome del agarre fuerte de mi ex novio.

— ¿Necesitas que te enseñe cómo tratar a una mujer? — gruñe.

— ¿Quién carajos es este idiota, Belle? ¿Tan pronto me buscaste reemplazo?

Al terminar de hacer la segunda pregunta, un fuerte golpe en su mandíbula lo hace caer al suelo.

— ¡Discúlpate! —Exige.

— ¡Vete a la mierda! —se defiende Thomas, escupiendo al suelo.

Recibe otro golpe, esta vez en el estómago.

— ¡Discúlpate, maldito hijo de puta!

—Lo...siento. —Dice al fin, limpiando su cara ensangrentada.

—Si vuelvo a ver que le pones una mano encima o le hablas en ese tono, será la última vez que vuelvas abrir tu puta boca. ¿Has entendido?

Thomas dice que sí con la cabeza pero sus ojos están llenos de fuego. Da media vuelta y se sube a su lujoso auto, dejando una nube de humo detrás de él. Yo sigo contra la pared asustada, ha sido un momento tan violento y nadie me había defendido de esa manera.

— ¿Estás bien? —pregunta tocándome los hombros, salto asustada al sentir sus manos frías y él deja de hacerlo.

—Lo siento, no quise asustarte.

El chico de ojos grises se ha convertido en el chico de ojos tristes al verme que no puedo moverme ni decir nada, la reacción de Thomas me ha tomado por sorpresa, nunca le tuve miedo hasta este momento.

—Respira, mariposa.

El sonido de su voz profunda me tranquiliza.

—Estoy bien. —musito.

El chico rudo recoge mis bolsas del suelo y me sonríe.

— ¿Quieres que te acompañe?

Niego con la cabeza. No confío en él. Aunque me haya salvado, pero la verdad es que no confío en nadie.

—Entonces te pediré un taxi.

—No es necesario, iré caminando.

Frunce el entrecejo y me fulmina con la mirada. ¿Qué dije de malo?

—No fue una pregunta, es un hecho y no dejaré que te vayas caminando después de que ese idiota tratara de hacerte daño. Te pediré un taxi entonces, no me importa si tengo que cargarte para meterte en él.

¿Será capaz de hacer algo como eso?

No digo nada y le arrebato de mala gana las bolsas de las manos. Él pide un taxi y le da instrucciones, seguido de eso saca dos billetes y se los entrega al conductor.

—Listo, mariposa. Ahora estaré tranquilo de que llegues con bien.

— ¿A ti qué te importa? — Suelto. No conozco a *halcón,* y su acto de heroísmo no me convence. Después de todo él es la persona más peligrosa que he visto en toda mi vida.

—Tienes razón no me importa, en absoluto. Lo haría por cualquier persona, no te sientas especial.

Oh, eso fue cruel.

—Lo siento. —murmuro pero él no escucha.

Lanzo mis cosas al interior del taxi y entro a regañadientes, no quiero ver su mirada triunfal, en mi interior tengo que agradecerle, es la segunda vez que aparece en el momento menos esperado y más necesitado. Pero mi terquedad no me deja y no lo haré. Supongo que algún día le agradeceré por ello.

Cuando voy camino a casa de Ana, la curiosidad pica en mi lengua.

—Señor, ¿Qué le dijo el joven?

—Me ha amenazado. —murmura.

— ¿Disculpe?

—Me ha amenazado—repite y explica: —Me dijo que me asegurara hasta que estuviera dentro de su casa, dijo que sabía el número del taxi y si algo le sucedía cortaría mi cabeza.

No lo hizo.

—Lo siento, señor. Seguramente bromeaba.

Me siento avergonzada, el chico número uno del polígono se ha convertido en el idiota número uno también.

Me despido y le agradezco al señor del taxi, le deseo buenas noches y le juro por todos los dioses griegos que no le pasará nada. El psicópata de ojos ceniza está exagerando, y se aprovecha de su aspecto de chico rudo para asustar a todo el mundo.

Ɛ93

Cuando entro a la casa, los padres de Ana me esperan en la sala.

— ¿Podemos hablar contigo un momento, Isabelle? — me pide Norah, la madre de Ana.

Me siento enfrente de ellos, es extraño que Ana no esté presente, seguramente está con Joe en el cine o es una intervención de mis tutores.

— ¿Está todo bien? —pregunta Rob, el padre de Ana.

—Todo está bien. —respondo nerviosa. Siempre me siento apenada con ellos y me encojo como un cachorro.

—Relájate, Belle, no vamos a reprenderte. Sabemos que has tomado la decisión de irte y hemos respetado eso, sabes que puedes contar con nosotros siempre.

—Lo sé y gracias. Quiero que sepan que no me voy porque no me sienta a gusto aquí, solamente quiero un nuevo comienzo.

—Sabemos perfectamente eso, Belle, las puertas seguirán abiertas si las cosas no funcionan como quieres. ¿Lo sabes verdad?

—Perfectamente.

—Es de otra cosa que queremos hablarte.
—Oh, aquí vamos.

—No quiero que te enojes con Ana, sabemos que has dejado de tomar tu medicación—continúa el señor Rob: —La última vez que te acompañamos a las terapias el médico dejó muy claro que no puedes suspender bruscamente del tratamiento.

—Solamente queremos el bien para ti, has estado un poco distante y no quiero pensar que es debido a la suspensión del tratamiento. —Norah toma mi mano.

Quiero llorar pero las lágrimas nunca caerán de mis ojos.

—Ahora que estarás viviendo sola o en casa de Joe, confiamos mucho en él y nos ha dado su palabra de cuidarte y estar pendiente de ti, pero no quiero saber que seguirás sin el tratamiento lejos de nosotros.

—Norah, Rob. —Suspiro— sé que tienen razón, entiendo su punto, pero quiero que confíen en mí, estoy perfectamente, el motivo de mi ausencia no es por mi estado de ánimo. He estado un poco cansada por las tutorías pero esta semana que he suspendido el tratamiento me siento perfectamente. —miento. —les prometo, como se lo prometí a Ana, que cuando me instale en la nueva casa retomaré el tratamiento para no sentirme abrumada por el cambio.

—Eso nos deja un poco más tranquilos, Isabelle. Queremos lo mejor para ti, eres como una hija para nosotros y sobre esas tutorías, sabes que no tienes que preocuparte por dinero.

—No voy a utilizar el dinero de mi padre, con todo respeto, si ustedes necesitan pueden tomarlo como forma de agradecimiento por haber cuidado de mí todos este tiempo.

—Por supuesto que no haremos tal cosa, Belle. — Responde bruscamente Rob — respetamos que no quieras tomar ese dinero, yo me refería a que nosotros podemos ayudarte para que puedas estudiar libremente sin ninguna preocupación.

—Les agradezco mucho, pero no necesito mucho y me encanta trabajar para los señores Henderson.

Una hora después de la intervención con los señores Cooper, subo a mi habitación.

Conecto el iPod y empiezo a escuchar a *Frédéric Chopin*[12], me gusta poder

[12] Fue un compositor y virtuoso pianista polaco del romanticismo

relajarme y contemplar una buena mezcla de música.

Antes de empezar a deprimirme y navegar en un mundo desconocido y sombrío, comienzo a empacar mis cosas, son pocas, la habitación está llena más de libros y fotografías que cualquier otra habitación de una chica de veinte años, soy una *vieja* joven.

Mariposa.

Viene a mi mente. Arrojo esos pensamientos absurdos del chico más atractivo que haya visto jamás y subo el volumen al *Prelude #4*[13], es una melodía triste, una pieza que *Chopin* se jugó en su propio funeral, junto con el *Réquiem* de *Mozart.*

Mientras mis libros están apilados en el suelo e intento ordenarnos en una caja, un nudo se forma en mi estómago. Estoy pensando en Robert Jones, hace tres años que no sé nada de él, pero supongo que Norah y Rob sí.

Siempre me pregunté si mi padre me amaba lo suficiente para luchar por mí algún día o simplemente era él el cobarde que se libró de mí y me dejó ir con sus viejos amigos. No soy madre, pero estoy

---

musical.

[13] Uno de los 24 preludios de F. Chopin.

segura que mi madre jamás hubiese permitido que me fuera de casa, pero mi madre ya no estaba ahí y mi casa se había convertido en un lugar frío, una celda donde no podía seguir viviendo.

Después de *aquel* incidente, corrí hasta llegar a casa de los Cooper, no podía decirle a mi padre que *él* me había amenazado con matarlo si decía algo. Así que solamente corrí, nunca estaría segura si permanecía a su lado y tampoco quería vivir con el hombre que llamó *loca* miles de veces a mi madre.

No consideraba a mi madre una santa, la "*santidad*" transmite la idea de puro o limpio en sentido religioso, apartado de la corrupción. La santidad de Dios denota su absoluta perfección moral.

El santo es aquél que está tan fascinado por la belleza de Dios y por su perfecta verdad que éstas lo irán progresivamente transformando. Por esta belleza y verdad está dispuesto a renunciar a todo, también a sí mismo. Le es suficiente el amor de Dios, que experimenta y transmite en el servicio humilde y desinteresado al prójimo.

No era una madre perfecta, dejó de serlo el día en que decidió acabar con su vida. Pero si hubiera otra vida no sería Ana Bell, sería *Santa Ana,* la madre de *María* y por tanto la abuela de *Jesús de Nazaret.*

Su bondad y altruismo eran rasgos marcados de mi madre, la acompañaba en navidad a los refugios a escondidas de mi padre, él siempre decía que el mundo debe ser así por razones de lógica y suerte.

La suerte no existe, es la conjunción de todas las situaciones y condiciones necesarias para el éxito. Mientras que la lógica es una ciencia formal que estudia los principios de la demostración e inferencia válida. Mi padre no es ninguna de estas dos, solamente heredó el negocio familiar y se dedicó a su pequeño imperio tirano y mi madre fue su mayor bendición.

Ella sabía controlarlo y ponerle los pies sobre la tierra, era su talón de Aquiles, por eso cuando mi madre se suicidó mi padre se encerró por horas en su despacho y ni siquiera estuvo a mi lado para el día de su entierro.

Decía que verme a mí era como ver un pedazo de mi madre, y mi madre ya no estaba con nosotros, le dolía verme. No eran palabras fáciles de asimilar a la edad de dieciséis años. Él había perdido a su esposa, a mi madre, pero todavía quedaba yo, su hija, no me imaginaba su dolor, pero estoy segura de que él no podía imaginarse de que yo los había perdido a los dos.

Quería llorar, Dios, quería llorar pero no podía, solamente cuando soñaba con *él* lloraba.

Escucho que alguien toca a mi puerta, Ana.

—Adelante.

—Hola, ¿Estás bien? —Pregunta Ana preocupada.

—Sí, no fui a la *santa inquisición*[14], fui de compras.

—Muy divertido—espeta con sarcasmo— Me refiero a que mis padres hablaron contigo.

—Sí, eso también salió mejor de lo que esperaba. Y no te preocupes no estoy molesta contigo.

—Es un alivio saberlo.

—Entiendo su preocupación, tus padres fueron quienes me buscaron ayuda, es normal que se preocupen por mí, incluyéndote.

---

[14] Hace referencia a varias instituciones dedicadas a la supresión de la herejía mayoritariamente en el seno de la Iglesia católica.

— ¿No pasó nada más cuando saliste de compras?

—No voy a preguntarte cómo te enteraste pero ya que lo sabes, mejor no preguntes.

—Perdóname, pero saliendo del cine, fuimos a comer algo y nos encontramos con él y le dijo a Joe que cuidara de sus amistades, no nos dio detalles, pero sabía que se refería a ti. Volvió a decir algo como Lepi no sé qué rayos.

—Lepidóptera. —la corrijo.

—Eso, ¿Qué carajos significa?

—Mariposa.

— ¿Mariposa? —Se mofa—vaya, entonces eres una mariposa, según él.

—Me importa poco. —cambio de tema: —Me encontré a Thomas y se puso un poco posesivo, entonces *el chico del infierno* salió de la nada y le dio una golpiza, también lo obligó a que se disculpara.

— ¡Cállate! ¿Estás hablando en serio? —Pone los ojos como platos y abre la boca sorprendida.

—Sí.

— ¿Te gusta? — esa pregunta me sorprende.

— ¡Por supuesto que no! No es mi tipo y lo sabes.

—Solamente preguntaba para estar segura.

— ¿Segura de qué?

—Nada, olvídalo iré a dormir, mañana es tu gran día de mudanza.

—Duerme conmigo, será como en los viejos tiempos.

— ¡Perfecto!

~3103~

La Mansión Jones, diez años antes…

Escuchaba a mis padres pelear, mi padre no quería que mi madre viajara a Grecia ese año.

— ¡No irás Ana, es una orden!

—No puedes ordenarme nada, Robert no soy de tu propiedad, por favor reacciona no estamos en la época prehistórica donde existía la esclavitud.

—No irás, y es definitivo, tu lugar está aquí a mi lado cuidando de nuestra hija Isabelle.

—La llevaré conmigo. Tú pasas demasiado ocupado con tus... negocios.

—No me hables así, Ana. Sabes que les doy lo que yo nunca tuve.

—Por favor, Robert, esa es tu excusa, hasta un pobre es feliz en su humildad y miseria que esta mansión que has construido.

— ¿Has tomado tu medicación? — pregunta mi padre tocando su cabello exasperado.

—No empieces con eso, esta discusión no se basa en mi salud.

—No me has respondido, Ana.

—La tomé. ¿Contento?

—Sabes que no puedes ir por el mundo como antes, tengo enemigos, lo sabes muy bien, si algo te pasara a ti o nuestra hija... yo...

—Entonces renuncia a ello.

—No puedo. —deja caer sus hombros, derrotado.

—Hay algo que se llama *Redención,* Robert. —mi madre se acerca a mi padre y continúa: —Cristo con su muerte venció al pecado y con su resurrección venció a la muerte.

—Eres una santa. Santa Ana. —le sonríe mi padre.

—No soy ninguna santa, soy tu esposa. Y si tengo que ir al infierno iría por ti y te sacaría de ahí.

—En el infierno no hay lugar para ti, Ana. Eres demasiado buena.

—*Como el Hijo del Hombre no vino para ser servido, sino para servir, y para dar su vida en rescate por muchos.*[15]

---

[15] Mateo 20:25-28.

Corrí hacia el jardín, me escondí entre los arbustos, me hice un ovillo y lloré, no me gustaba ver discutir a mis padres. Sentía que era mi culpa, siempre le decía a mi madre que me llevara con ella. Me daba cuenta que mi madre no sólo intentaba hacer realidad su sueño, también huía de la vida que mi padre nos había dado.

— ¿Hola? —la voz de un niño, me asustó.

—Hola—contesté secándome bruscamente las lágrimas.

— ¿Por qué lloras? —preguntó acercándose a mí.

—Qué te importa.

—Lo siento, no quise asustarte. — bajó la mirada hacia sus zapatos.

Era un niño con los ojos más hermosos que haya visto, era más alto que yo y parecía mayor, no distinguía el color de sus ojos por el rayo del sol. Su cabello marrón estaba peinado perfectamente y su ropa estaba intachable. Me sonreía tímido, yo no tenía amigos, estudié la mitad de mi vida en casa y la única amiga que tenía era Ariana porque sus padres eran amigos de los míos.

— ¿Por qué lloras? — volvió a preguntar.

—Mis padres discutieron. —contesté al fin.

—Lo siento mucho, los míos también pelean y no es agradable.

— ¿Qué haces aquí? —pregunté bruscamente.

—He venido con mi tío. Por favor no llores.

No me daba cuenta que seguía llorando, una vez que empezaba a llorar no podía parar. Nuestras pequeñas miradas se encontraron, era el *niño de los ojos hermosos.*

—Tienes unos ojos hermosos, no dejes que tus lágrimas te quiten eso.

Tocó mi rostro, tenía sus manos frías a diferencia de que el clima era cálido.

— ¡*Hija*! —llamaba mi madre.

— ¡Me tengo que ir! —me levanté del suelo, estiré mi vestido color lila y limpié mis mejillas.

Él niño me detuvo. — ¿Te volveré a ver? —preguntó con una voz llena de esperanza.

No contesté. Salí corriendo hacia los brazos de mi madre.

~113~

Al terminar de cargar el auto de Joe, era momento de despedirme de los señores Cooper, la casa de Joe estaba a veinte minutos de la de Ana, pero para ellos era como ir a otro continente.

—Prométenos que estarás bien, Isabelle. —Dice Norah, sonriéndome con ojos llenos de lágrimas.

—Se los prometo, estaré bien, vendré casi todos los días, será como si nunca me hubiese ido. —sonríen y los abrazo. Los amaba como mis verdaderos padres, les debía mucho.

—Me harán llorar—Se queja Ana.

Nos pusimos en marcha hacia la casa de Joe, estaba un poco nerviosa, dijo que su mejor amigo estaba en casa y era el mejor momento para presentarnos, solamente esperaba que fuera tan amigable como Joe o como David.

— ¿Estás nerviosa? —preguntó Ana. Por encima de su hombro.

— ¿Debería de estarlo?

—No, te prometo que si no te sientes bien yo seré la primera en ayudarte a empacar, o mejor aún, no desempaques. — Me aconseja frunciendo el entrecejo.

Al llegar a la casa de Joe me sorprende ver un *Chevrolet Camaro*, sabía un poco de autos y ése era precioso, un *Chevrolet* cromado.

— ¿Es tuyo? —pregunto señalando con la mirada a Joe.

—Ojala, es de Matt. Debería de estar adentro, espero que... solo.

Oh.

Desde afuera la casa es preciosa, estilo minimalista, color blanco y la entrada es de pavimento empedrado color tierra. Estoy empezando asustarme es más lujosa de lo que imaginé y seguro la tarifa es igual de sorprendente.

—Tranquila, Belle, parece una pequeña mansión pero el pago será el mismo.

— ¿Estás seguro?

—Completamente, es más, Matt estuvo de acuerdo con que nos ayudaras con las cosas que hacen ustedes las mujeres.

— ¿Entonces necesitan una mucama? —me cruzo de brazos. Y Ana carcajea.

—No, me refiero a la cocina, ya lo verás.

Saca la llave de su bolsillo trasero y abre la gran puerta principal de madera.

Al entrar a la sala, es como me lo imaginé, un desastre de dos solteros, zapatos y botellas de refrescos y cervezas por todos lados. Es blanca por dentro también, pero lo adornaban cortinas color gris y azul cielo. Los muebles son gigantes que parecían ser más grandes que mi cama personal y una alfombra gigante divide la sala, es de diseños rustico color gris y negro.

—Tienes gustos muy particulares. —me burlo.

—Es el estilo de Matt, él es el dueño de la casa.

—No me puedo imaginar su habitación.

—Ven, te mostraré la cocina y el jardín.

¿Jardín?

—Belle, el jardín te gustará, podrás pasarte horas leyendo. —Ana me toma del brazo y seguimos a Joe.

La cocina, esperaba que fuera un desierto pero me sorprendió ver sartenes de todos los tamaños, alacena llena de todo tipo de comida.

La isla es de piedra y el taburete es gris cromado. Seguimos a Joe al jardín, es hermoso, está rodeado de muchos arbustos de todos los tamaños, pero algo llama mi atención provocándome un escalofrió, un árbol de hojas color lila.

— ¿Te ha cautivado? —la voz de Joe suena como un eco.

—Es hermoso, nunca había visto uno desde...

—Sabía que te gustaría. —Interrumpe Ana.

Me acerco para tocar las hojas, es primavera por lo que sus hojas son color azul violáceo.

Había un árbol igual en la mansión Jones, hace muchos años, pero mi padre construyó una cava de vinos, lloré por horas en el regazo de mi madre, era hermoso y desde que lo vi por primera vez el lila se había convertido en mi color favorito.

—Oh, Matt qué bueno que bajaste.

Escucho detrás de mí y me volteo para conocer a Matt, el mejor amigo de Joe. Cuando levanto la mirada, me llevo una gran sorpresa; ellos lo sabían y no me dijeron nada hasta este momento, Matt o Matthew no era un desconocido en absoluto.

—Te presento a Isabelle, nuestra nueva inquilina. Belle él es Matthew mi mejor amigo. —Una sonrisa pícara alberga el rostro de Joe. —Le ha gustado el árbol, creo que atrae a las mujeres—Bromea Joe. Y Ana lo golpea en las costillas para reprenderlo.

Yo todavía no sé a quién golpear primero, si a Joe o a Ana.

—Mucho gusto, Isabelle. —Extendió su mano y para sorpresa mía sostengo la suya, una fuerte corriente recorre por todo mi cuerpo al sentir su mano contra la mía y él sonríe.

—Matt, espero seas un caballero con Belle, es mi mejor amiga y tú eres... lo que eres.

—Joe, tranquiliza a tu novia. —Dice sin dejar de verme, su mirada color ceniza está de regreso fulminando la mía.

Joe toma a Ana de las manos y se van al interior de la casa, dejándome sola con un *no* tan extraño.

Él sigue viéndome, me siento como un insecto, él ya me había llamado así más de una vez, le doy la espalda y sigo observando el árbol.

—Es un árbol *Jacaranda*[16]—Explica como si le hubiese preguntado o era demasiado arrogante— Florece dos veces por año, en primavera y otoño.

—Lo sé. —Gruño a la defensiva.

— ¿Prefieres que te diga Isabelle o Mariposa?

Resoplo y lo fulmino con la mirada.

—Me llamo Isabelle, Belle para mis amigos y tú estás muy lejos de serlo.

Él sonríe, ahí estaba de nuevo esa sonrisa acompañada de su mirada gris. Aclaro mi garganta, busco una conversación civilizada pero nada que tenga que ver con él me resulta normal.

—Cuando Joe me dijo que su mejor amigo vivía con él, jamás me imaginé que fuera el *halcón.*

Su sonrisa se esfuma de su precioso rostro. Cada vez que yo le decía su seudónimo hacía una mueca, me había dado cuenta desde la primera vez.

—Mi nombre es Matthew, me puedes llamar Matt, no tengo nepotismo ni exclusividad para los que me llaman así.

—Lo siento. —murmuro. Al darme cuenta de mi error.

---

[16] Árbol Jacaranda produce inflorescencias racimosas de flores de color azul violáceo como la famosa Jacaranda.

—Te disculpas demasiado—su voz suena ronca. —Bienvenida a casa, mariposa.

Sonríe y se va, su aroma invade mis fosas nasales, es un aroma delicioso, tiene que serlo, es un aroma embriagador, la esencia del pecado.

Tiene el arte para desaparecer sin dejar rastro alguno.

Cuando entro a la casa ya no está, Ana y Joe están acurrucados en el sofá con una cara de culpabilidad.

— ¿Por qué no me dijeron que era el... él? —me corrijo.

—Esperaba que no te importara, además, si sabías que era el mismo sujeto del polígono te ibas a arrepentir enseguida. —Se defiende Joe, pero no veo arrepentimiento en él.

—Tenías que haberme dicho la verdad, sobre todo tú, Ana—la reprendo. Mentirnos estaba prohibido.

—No la culpes a ella—sale Joe a la defensiva—Yo le dije que no te dijera que el *halcón* era mi mejor amigo. Lo siento, espero no te arrepientas.

Era demasiado tarde para arrepentirme. ¿Qué tan grave podía ser compartir la casa con un jugador de la *muerte* y del *infierno*?

—No me importa que sea él, dijiste que pasa en sus asuntos, al igual que yo, así que no hay ningún problema. —Miento. Estoy nerviosa, no tengo ni idea de cómo será vivir con él pero no voy a pensar en ello. Tengo cosas más importantes de qué preocuparme.

—Bueno, no te enojes, Belle. No quiero que te enojes conmigo ni con Ana. —Joe ruega con sus palabras.

—No estoy enojada, pero espero que tu amigo no traiga el infierno a casa.

—*Cada uno somos nuestro propio demonio y hacemos de este mundo nuestro infierno.*[17] —dice la voz de Matthew, detrás de mí tomándome por sorpresa... de nuevo.

Oh, dioses de los nuevos inquilinos, recita como un poeta empedernido.

Joe y Ana sonríen nerviosos en forma de disculpa por mi pequeña rabieta en mi nueva casa, espero que no patee mi pálido trasero y me mande para la calle, es su casa, puede hacer lo que él quiere, incluso traer a todos los demonios del inframundo si es posible.

—Lo...—levanta un dedo en forma de rechazo.

[17] Oscar Wilde.

¿Está callándome?

—Te escuché perfectamente, mariposa, no hay nada de que lamentarse, nos llevaremos bien... espero. — alza una ceja en picardía.

—Es mejor que vayamos a celebrar—dice Joe.

—Sí, hay que ir a comer y tomar algo—lo sigue Ana.

— ¿Vienes con nosotros, Matt? —pregunta Joe, Ana intenta contener la risa.

—Sí, creo que necesito sacar mis demonios un momento. —dice sarcásticamente y exterminándome con la mirada.

Oh, mátame ahora.

Ɛ123

Ana y Joe salen primero, todavía mis cajas y las maletas están en la sala, espero que no regresemos tarde, tengo que desempacar muchas cosas y todavía no conozco mi cuarto.

—Tú vienes conmigo, mariposa, deja a los tórtolos que vayan solos. —ordena Matthew.

—Pero...—intento protestar.

—Sin peros, mariposa, no fue una pregunta, es un hecho. Además; no muerdo, aunque me lo pidas no lo haré.

¿Está hablando en serio? ¿Así va a ser mi vida de ahora en adelante?

—Que te diviertas, Belle. —Grita Ana antes de subirse al auto de Joe.

Él chico de ojos de cenizas tiene modales después de todo, me abre la puerta del auto y sin verle a los ojos entro. Veo cómo rodea el auto, viste con vaqueros y camisa blanca, lo que hace resaltar su mirada gris a un tono blanquecino.

El auto es respetable por dentro, típico de un chico, que cuida de su *bebé* de cuatro ruedas.

Inmediatamente mi nariz empieza a moverse por su aroma embriagador, también muevo mi nariz cuando estoy nerviosa, por lo que no sé cuál de los dos posibles motivos me hacen parecer a la *bruja* de *Samantha Stephens*[18].

Arranca el auto y enciende la radio, esperaba que fuera rock metalero o *Marilyn Manson*, pero de nuevo estoy prejuzgando a Matthew Reed. La canción que suena es *Coming Back To Life*, de Pink Floyd. Sonrío para mis adentros al recordar a mi madre, era su grupo favorito cuando era joven.

Where were you when I was burned and broken.

While the days slipped by from my window watching.

And where were you when I was hurt and I was helpless…

Dónde estabas tú cuando yo estaba quemado y desecho.

Mientras miraba los días pasar por mi ventana.

---

[18] Es el personaje protagonista de Hechizada (ABC, 1964-1972), encarnado por Elizabeth Montgomery.

Y dónde estabas cuando estaba herido e indefenso…

—Me gusta esa canción—digo sin esperar ninguna reacción del conductor.

—Me alegro que te guste, no iba a cambiarla—Rezonga.

Lo miro y está conteniendo la risa. —Era broma, no sabía que chicas como tú escuchaban ese tipo de música.

¿Chicas como yo?

—Bueno, el comentario es recíproco. —Contraataco.

—Nunca te había visto, ¿Acabas de salir de tu bolsa epidermal[19]? —pregunta sin apartar la mirada de la carretera.

Resoplo, y pido a la *diosa de las mariposas*[20] que no se ofendan por su comentario.

—Asistía a otra universidad y Ana no tenía novio.

—Buen punto, pero no te había visto en el polígono, sólo había visto a Ana.

---

[19] El ala de la mariposa se desarrolla en la larva como una bolsa epidermal.

[20] En la mitología mesoamericana la diosa Mariposa se llama *Itzapapallotl.*

—No sabía que existía ese lugares, en realidad no supe de qué se trataba hasta que ya estaba ahí.

Frunce el cejo. ¿En qué está pensando?

— ¿Entonces sólo fuiste al nivel 2? — pregunta empujando las palabras.

Ahora entiendo el tono de su pregunta, nivel 3 y 4 es todo un misterio para mí, pero al ver su rostro me doy cuenta que es más grave de lo que pensaba.

—Joe no quiso decirme de qué se trataba los últimos niveles del *inframundo.*

—Hizo bien, no deberías nunca apartarte de ellos la próxima vez que vayas. — aconseja muy serio.

Me estremezco al recordar que fue él el que me salvó de *Lucifer*, suena aterrador cuando lo pienso de esa manera.

—Gracias. —Espeto. Tenía que hacerlo tarde o temprano y qué mejor momento que éste para hacerlo.

— ¿Por qué me agradeces?

—Por lo que hiciste ese día y el otro con... ese sujeto. —omito en decir ex, qué clase de chica sale con tipos como Thomas *posesivo* Price.

—No agradezcas—dice tajante.

Lo analizo por el rabillo del ojo su expresión, fue como si le lanzara un balde de agua fría al recordarle que me defendió de dos tipos. Me siento la chica más ilusa del mundo. Soy exactamente lo que él había dicho, seguramente pensaba que la metamorfosis me había convertido en una persona demasiado ingenua para momentos como esos. Pero la realidad era otra, después de *aquel* día no volví a ser la misma, y todo gracias a *él.*

133

Llegamos a un restaurante donde tocaban música en vivo, había estado en lugares como estos antes con Ana, pero el de Chicago era diferente. El ambiente parecía más agradable y la comida se miraba más deliciosa.

—Acompáñame al baño, Belle—dice Ana una vez estábamos en nuestra mesa.

Los chicos quedaron solos, pero Joe tenía una mirada seria. Entré al tocador de mujeres con Ana y me acorraló cerca del lavado.

—Cuídate de Matt—me advierte. —Es un chico diferente, es un mujeriego y además ya ves a lo que se dedica.

No me gusta juzgar, pero ella tiene razón con lo que dice, había visto a Matthew con esa chica y además me había dejado en modo trance al verlo jugar en el polígono del infierno. Pero en lo que Ana está errada es que alguien como yo podía fijarse en alguien como él, y alguien como el *halcón* jamás se fijaría en una biblioteca andante como yo. Es como mezclar el agua con el aceite. Poner los ojos en alguien como él es morir a fuego lento. Matthew era la versión de lo prohibido en persona.

—No tienes de qué preocuparte, me conoces y sabes que nunca me fijaría en él, no es mi tipo y estoy segura de que yo no soy su clase de chica.

—Eso espero, lo mataré si llega a intentar algo contigo.

Oh, Ana.

Regresamos con los chicos y ya habían ordenado las bebidas, cuatro cervezas estaban en la mesa, fulminé a Joe con la mirada, él sabe que yo no tomo alcohol.

—Espero que esa cerveza sea tuya, Joe.

—Siempre olvido que tú no tomas alcohol, lo siento, Belle.

—Iré por un refresco. —Pongo los ojos en blanco.

Voy hasta la barra de bebidas y pido un refresco natural. Seguro voy a esperar un poco más, soy la única persona en todo el restaurante que pide un refresco de zumo de arándanos.

Mi teléfono móvil empieza a vibrar, es una llamada. La última llamada que esperaba recibir en el mundo.

El Sr. Jones.

Me falta el aire y siento un nudo en mi estómago, mi padre no me llama hace más de un año después de nuestro último encuentro que fue una pesadilla, terminé sedada por mis nervios y los Cooper se encargaron de que mi padre no volviera a ponerse en contacto conmigo por un buen tiempo.

— ¿Señorita? —dice el mesero.

—Lo siento. — pestañeo un par de veces y mis manos tiemblan demasiado que no puedo sostener el vaso.

—Señorita, ¿Se encuentra bien? —Vuelve a preguntar algo desconcertado.

Asiento para tranquilizarlo.

Tengo que hacerlo, tengo que enfrentarlo tarde o temprano, así que camino hacia la parte trasera del restaurante y contesto.

— ¿Qué quieres y cómo conseguiste mi número? —le gruño con firmeza. Aunque por dentro estoy muriéndome lentamente.

—Hija...

—No me llames hija, me dejaste muy claro que te importa más la palabra de *tu amigo*, ¿Lo recuerdas?

—Perdóname, hija.

— ¿¡Qué es lo que quieres!? —grito.

—Mis amistad con Bennett terminó, por favor, perdóname.

Quiero llorar, quiero gritar con todas mis fuerzas, él es el culpable de todas mis desgracias, lo culpo hasta por el suicidio de mi madre.

—No me importa, es demasiado tarde.

Corto y me dejo caer de rodillas, todo me da vueltas. No puedo desahogarme de otra manera, sólo hay una, y juré no volver a hacerlo. Empujo ese pensamiento sombrío a un lado y respiro hondo.

Ana no puede enterarse de nada, hablaría con sus padres y me harán regresar a casa con ellos. No puedo dejar que mi padre arruine mis planes a pesar de estar a miles de kilómetros de distancia.

Me levanto y pongo mi mejor cara para regresar con los chicos.

—Te has tardado, ¿Dónde está tu bebida? —Pregunta Ana viendo mis manos vacías.

Perfecto.

—Estaba… estaba lleno. —Soy una terrible mentirosa, puedo sentir cómo aprieto mis manos y muevo mi nariz cada vez que lo hago.

Matthew me estudia con la mirada y parece no creer en nada de lo que he dicho.

—Iré por ella—Se ofrece y se levanta.

Me sorprende su amabilidad. Joe me mira de la misma forma pero no dice nada, Joe me conoce al igual que Ana, pero ella no se dio cuenta de que estaba mintiendo.

Mi teléfono vibra, tengo miedo de que sea mi padre el que esté llamándome de nuevo. Pero es un mensaje de texto:

¿Está todo bien?
Joe.

Lo miro cómo esconde su teléfono, Ana está viendo el menú todavía.

Estoy bien, Gracias.

Me hace una mueca de no estar completamente convencido, pero en realidad si puedo hablar con alguien es con Joe. En Ana también confío pero se preocupa demasiado y tarde o temprano termina por decirles a sus padres toda la verdad.

Matthew regresa con... el refresco que había ordenado. ¿Cómo lo sabía? Espero que el mesero no le haya dicho de mi momento paranoico y que salí por un momento a contestar la llamada.

—Gracias. — digo amable.

El mesero llega para ordenar, es un chico rubio de ojos verdes, se ve amable y se le hacen hoyuelos cada vez que sonríe. Está nervioso al ver cómo Joe lo fulmina con la mirada, no tengo idea del motivo de su mirada, el mesero ni siquiera está viendo a su novia.

—Dos hamburguesas con papas fritas, por favor. —dice no tan amable a pesar de que pidió de *por favor.*

—Enseguida, y usted caballero—pregunta a Matthew que toma largos sorbos de su cerveza.

—Lo mismo, gracias— ordena sin quitar la mirada de él.

Yo juego con mi cabello distraída mientras pienso qué ordenar y veo el menú, en la sección vegana.

—Y... usted señorita—Dice nervioso. Levanto la mirada y está ruborizado y muy nervioso.

Oh, pobre, era a mí a quien estaba viendo todo este tiempo.

—Sopa *borsch* vegana, por favor y gracias. —sonrío y le entrego el menú. Mi gesto lo toma por sorpresa y se le resbalan de las manos directo al suelo. Estoy cerca de él por lo que intento ayudarlo pero una mano me detiene

Cuando miro al quién le pertenece la mano, me sorprendo al ver que es Matthew el que está impidiéndome que me incline para ayudar al mesero.

¿Cuál es su problema?

Cuando el mesero por fin se aleja con los cuatro menús y avergonzado, clavo mi ojos avellana a los ojos de ceniza.

— ¿A qué ha venido eso? —Le reclamo apartando su mano.

—Ese chico quería meterse en tus bragas, Belle. —interrumpe Joe en defensa de su amigo.

—Pensé que tenías cara de pocos amigos porque estaba viendo a Ana—me quejo.

—No, te estaba viendo a ti, es como si estuviera viendo a mi hermana, no me gustó cómo te miraba y parece que a Matt tampoco.

Ana ríe a carcajadas. No es la primera vez que Joe se pone celoso por un mesero, aunque siempre es a Ana a la que miran y cuando Joe marca territorio siempre la próxima víctima soy yo.

—Iba a ayudarle, no me gustó lo que hiciste. —le espeto a Matthew.

—No voy a disculparme—responde cortante.

Idiota arrogante, dudo mucho en que esté celoso.

Diez minutos después el mesero avergonzado llegó con nuestra orden. Le agradecí entre dientes sin verlo, sabía que mi mirada era la que lo había hecho cometer un accidente, no quería que echara a perder nuestra comida y se la cobraran después a él.

— ¿Qué rayos es eso, Belle? —Se queja Ana, viendo con asco mi comida.

—Comida. —respondo llevándome el primer bocado a la boca.

Matthew empieza a reír al verme comer y Joe lo sigue.

—Deberían de dejar de comer eso. — Protesto viendo sus grandes hamburguesas llenas de pecado.

—*Si no estás en condición de matar a un hombre, está bien; si no eres capaz de matar a ningún ganado ni a ningún ave...*—La voz ronca de Matthew hace que hunda mi mirada en él.

—*...aún mejor; y si tampoco a ningún pez ni a ningún insecto, todavía mucho mejor.*[21] —lo interrumpo, terminando la frase por él.

Oh, Matthew, por favor deja de citar mi frase vegana favorita.

[21] Tolstoy.

143

—Oh, por Dios, dos bibliotecas andantes—se mofa Ana.

Matthew me sonríe en complicidad y mata el momento dándole un gran mordisco a su hamburguesa. Pongo los ojos en blanco y sigo disfrutando de mi sopa.

Al terminar nuestra comida, una joven morena conocida se acerca a la mesa.

—Aquí estás—chilla— ¿Por qué no respondes mis llamadas? —extermina con la mirada a Matthew y las venas de su cuello se hinchan.

Esto es incómodo, estoy en la orilla de la butaca y él a mi lado, los tacones de la morena resuenan en el piso en espera de una respuesta. Alzo la mirada hacia ella y siento que estoy en territorio peligroso.

—Olivia—La saluda Joe. Ana tiene la mirada clavada en ella, la mira de pies a cabeza. La tal Olivia viste con un pantalón de cuero muy ajustado y un top que deja muy poco a la imaginación, y el sonido incómodo del suelo viene de sus tacones de aguja.

— ¿Estabas demasiado ocupado con... ésta? — ataca viéndome con desprecio.

—Cuida tu lenguaje, Olivia. —le advierte Matthew.

—Entonces deja de esconderte detrás de sus gafas de nerd y ven aquí.

Oh, dioses de las personas que usan gafas, por favor no se ofendan por su comentario.

— ¡Ten cuidado, perra! —grita Ana a mi defensa.

—Ana—la tranquiliza Joe.

Intento levantarme para darle acceso a Matthew que salga y evitar una escena más desagradable, pero él me detiene cuando ve mi intención.

—Hablaré contigo después, Olivia, retírate, estoy ocupado.

La morena murmura un par de insultos y maldice en voz baja y se va.

Contengo el aire por unos segundos, pensé que la morena me ahogaría con sus grandes pechos en presencia de todos.

—Respira—murmura Matthew en mi oído.

Ana y Joe fulminan con la mirada a Matthew, la chica parece su novia, y no tiene respeto por ella. Ahora entiendo más de lo que hablaba Ana cuando me dijo que me alejara de él.

—Controla a tus mujeres, Matt, por poco atacan a Belle. —expresa Joe.

Matthew se curva en el asiento e ignora su comentario.

—Es increíble que ella sea tu novia— Juzga Ana. Llevándose una patata a la boca.

—No es mi novia— la corrige enseguida.

— ¿Entonces qué es?

—Un polvo más.

Oh.

— ¡IUGH!—repele Ana. Mientras que Joe niega con la cabeza por el comentario de su amigo que no parece sorprenderlo.

~Ɛ153~

Camino a casa no quería regresar con Matthew, después de su encuentro no fortuito con su *no* novia, la misma que metía su lengua días atrás, así que decidí mejor regresar con Joe y Ana.

Matthew no sólo es un chico hermoso, también es listo y caballeroso, al menos eso último lo era conmigo. No entiendo su personalidad, es terriblemente honesto al respecto.

Cuando le dije que mejor regresaría con Joe no protestó. Supongo que se encontraría con Olivia.

—Ha sido una noche interesante—Digo desde el asiento trasero.

—Sí que lo ha sido, ¿Quieres que te ayude a desempacar? —se ofrece Ana.

—No gracias, creo que es mejor distraerme por largas horas con algo.

—Está bien, Joe te ayudará, le di órdenes específicas y sabes a qué me refiero.

No es necesario imaginarme qué tipo de *órdenes específicas* está hablando Ana, sé que tenía que ver con la medicación y cuidarme de su mejor amigo.

Dejamos a Ana en casa y camino a mi nuevo hogar un Joe ansioso le picaba la lengua por empezar a hacer preguntas.

—Sabes que no creí en tu mensaje—me pilla por sorpresa su comentario tan directo.

—Mi padre me llamó. —Confieso sin vacilar, necesito desahogarme.

— ¿Estás hablando en serio? ¿Qué te dijo? ¿Cómo carajos ha conseguido tu número?

Oh, Joe, eres un amigo extraordinario pero un poco exagerado.

—No dijo nada que no haya dicho antes, aunque dijo que había terminado su amistad con *él.*

Joe maldice en voz baja.

—Lo siento, sé que es tu padre, pero te ha hecho demasiado daño, por otro lado, ha sido una buena noticia, es lo mejor que pudo hacer alejándose de ese sujeto, ¿Cómo se llama?

—Es mejor no nombrarlo. —me remuevo en el asiento incómoda.

—Está bien, me alegro mucho que me lo hayas contado, ahora sé el motivo de tu ausencia en la mesa por varios minutos, estabas pálida, no entiendo cómo Ana no se dio cuenta pero gracias a Dios que no lo hizo.

—Lo sé, no soportaría que estuviesen preocupados por mi ahora que viviré con ustedes. —aprieto mis puños, con sólo pensarlo.

—Hablando de *ustedes*, no te preocupes por Matt, es un buen chico aunque ya te has dado cuenta cuáles son sus vicios, espero no te cause problemas, ya le he advertido.

—Es su casa, puede hacer lo que quiere.

—Puede tener todos los *polvos* que quiera en su casa, pero tú eres mi amiga no su propiedad.

Después del sermón de mi amigo, estaba lista para desempacar, Joe me ayudó con el resto del equipaje y me mostró mi nueva habitación, era grande y amueblada, la cama era cómoda y Joe me aseguró que nadie había dormido en ella, tenía un librero, una mesa de noche a cada lado de la cama, un escritorio con una lámpara, un closet y baño propio. Eso último fue un gran alivio.

—Es hermosa, no era lo que esperaba, gracias Joe.

—No agradezcas, estás en tu casa, literalmente.

Había quedado con Joe que pagaría cada fin de mes una cantidad ridícula, era igual a la que pagaba en casa de Ana.

—No se diga más, Belle. Matt no necesita el dinero así que no te preocupes por eso.

A regañadientes acepto y me deja sola en mi nueva habitación para desempacar.

Lo primero que hago es desembalar mis libros, tengo muchos ejemplares que pertenecían a mi madre, las ediciones especiales son mi tesoro. Coloco cada uno, contemplándolo y recordando más de una frase de ellos y su moraleja.

El baño es igual de espacioso, hay un gran espejo sobre el lavado, coloco mis botellas de champú de lavanda, mi esponja color lila y el resto de las cosas. Hay unos cuantos clavos en la pared así que guindo el cuadro de *El Primer Beso.* Y *Venus* adorna en otra pared.

Estaba convirtiendo mi pequeño santuario en una biblioteca. Enciendo una vela de lavanda para aromatizar y marcar el ambiente con el aroma más delicioso del mundo.

Ordeno mi ropa, que no es mucha, en el closet y me sorprendo al darme cuenta que Ana ha empacado unas cuantas prendas de ella que eran mis favoritas.

Oh, Ana.

Alineé cada una de mis zapatillas y zapatos altos de tacón que no eran muchos también, pero los uso en ocasiones especiales. Por último observo la sábana rustica que adorna mi nueva cama y hago una mueca.

Por suerte antes del altercado con Thomas, había comprado varios juegos de sábanas color lila. Así que he convertido también mi nueva cama en una preciosa esponja floreada de color.

Al terminar de arreglar mi cuarto, me doy una ducha caliente y lavo mi cabello con lavanda. Al cepillar mi cabello, escucho tirar la puerta principal. No tengo idea de quién puede ser.

Me asomo por la puerta, pero el pasillo está oscuro, camino un poco y escucho risas. Quizás es Ana que ha regresado y está con Joe, pero cuando bajo las escaleras, veo a Matthew con una chica, y no es Olivia, más bien una rubia desconocida. Hipo de sorpresa y ella se gira y me ve.

—Linda pijama. —La rubia me mira de pies a cabeza, llevo unos pantalones de algodón floreado y una camisa de tirantes ajustada que marcaba mis curvas y por supuesto no llevo sujetador.

Matthew está sirviendo dos tragos en un mini bar que no había visto la primera vez, se da cuenta de mi presencia y me ve asustado, sus ojos recorren todo mi cuerpo y se detienen en mis pechos.

Esto es incómodo.

Me cubro el estómago y sin decir más subo corriendo las escaleras. Es su casa así que seguramente sus encuentros sexuales o *polvos* no es nada nuevo y más me vale acostumbrarme a ello.

Me encuentro a Joe en el pasillo, seguramente se ha despertado por el ruido.

— ¿Está todo bien?

—Sí, es Matthew con una chica.

—Típico—Se queja—mejor ve a dormir. ¿Has terminado de instalarte?

—Sí, gracias. Buenas noches, Joe.

Voy a mi habitación y me dejo caer de espaldas, esto de compartir una casa con un chico *Casanova* va a ser interesante.

Me llevo la almohada a la cara cuando empiezo a escuchar los gemidos de la rubia desconocida.

¡Diablos!

ℰ163

La mansión Jones, diez años antes…

Cuando mi madre me llamó tenia lágrimas en sus ojos, había discutido fuerte con mi padre y aunque nunca vi que mi padre la maltratara, sus palabras siempre la lastimaban de alguna manera.

— ¿Dónde estabas, Elena?

—Por ahí. —mentí, estaba con *el niño de los ojos hermosos.*

—Tengo que darte una mala noticia, hija.

—Lo sé, escuché cuando discutías con papá. — se me llenaron los ojos de lágrimas en ese momento.

—Oh, Elena. No llores, hija. —me consolaba mi madre acariciando mi largo cabello marrón.

—Dijiste que iríamos a Grecia, tenemos que leer muchos, muchos libros de los griegos, madre.

—Elena, libros, caminos y días dan al hombre sabiduría, hay más tiempo que vida, y mi vida eres tú, no lo olvides.

—Lo prometiste, madre, si no vamos a viajar en las aventuras de los libros y conocer cada uno de los lugares que tanto hablan en ellos, dejaré de leer.

—*Lee y conducirás, no leas y serás conducido.*[22]

— ¿Qué significa eso? —Hice mohín.

—Significa que en los libros no sólo hay lugares extraordinarios, Elena, también hay sabiduría, la sabiduría no la vas a encontrar en un lugar, es aquí—tocó mi pequeña cabeza— y aquí—tocó mi corazón.

—Lo siento. —bajé la mirada.

—No lo sientas, lo siento yo por no haber cumplido nuestra promesa. Pero te amo, recuérdalo siempre.

Dos días después, corrí llorando hacia el árbol de flores lila, mis padres habían discutido de nuevo y esta vez mi madre lloró con todas sus fuerzas y mi padre no hizo nada para consolarla.

—Hola—dijo una voz.

—Hola—contesté, moviendo mi nariz.

[22] Santa Teresa de Jesús (1515-1582).

Era *el niño de los ojos hermosos.* No conocía a su tío, la verdad es que no conocía a todos los amigos de mi padre porque siempre pasaba en la biblioteca con mi madre, años después me di cuenta que tanto ella como yo nos refugiábamos en el mismo lugar.

—Me gusta tu vestido—dijo viéndome de pies a cabeza. Era un vestido nuevo con flores color lila, rogaba a mi madre que me vistiera siempre del mismo color todos los días. —Pareces un *hada* que acaba de salir del árbol.

Alcé la vista hacia arriba, las flores del árbol se parecían a las de mi vestido.

— ¿Por qué lloras? —preguntó acercándose nuevamente. — ¿Tus padres?

Asentí y apreté mis rodillas contra mi pecho. Él se acercó más y tocó mi hombro.

Me asusté. —Lo siento, no voy a lastimarte. —dijo él apartándose bruscamente.

Acercó sus manos a mi rostro y limpio mis lágrimas con sus pulgares.

—Tienes los ojos más bellos que haya visto nunca—sonrió.

Sus dedos bajaron hacia mis labios, estaban húmedos por mis lágrimas. Él se acercó y mágicamente yo también. Poco a poco hasta que sus labios tocaron los míos, fue un beso casto y perfecto. Me asusté y lo aparté.

—Lo siento, lo siento mucho. — se disculpó.

— ¡*Hija*! —me llamó mi madre nuevamente, cuando intenté huir el niño me detuvo.

— ¿Cómo te llamas? —preguntó, había desesperación en su voz y en sus ojos.

—Elena.

—Elena—pronunció mi nombre acariciando cada letra.

—Yo soy Adam.

— ¡*Hija*! —volvió a llamarme mi madre.

—Tengo que irme.

— ¿Te volveré a ver? —preguntó sin soltar mi mano.

—Espérame mañana aquí, mi lugar secreto y favorito de la casa.

—Estaré aquí mañana, Elena.

Al día siguiente regresé al árbol pero *el niño de los ojos hermosos*, Adam, no apareció.

Dos días después regresé y tampoco estaba ahí.

Pasaron los años y mi padre derribó el árbol, cada hoja color lila caía como lágrimas del cielo, se esparcían como el aire que se lleva las cenizas, mi lugar secreto había desaparecido al igual que Adam y nuestro primer beso.

~Σ173~

Despierto y por un momento entro en pánico, la habitación es diferente, entonces recuerdo que estoy en la casa que comparto con Joe y Matthew. Limpio las lágrimas de mi rostro como de costumbre y entro al baño.

Tengo los ojos hinchados, seguramente he llorado más de lo normal dormida esta vez, no es de extrañarse, estoy en otra casa y el cambio tiene que afectarme de alguna manera.

Me doy una ducha rápido, dentro de una hora tengo que estar en casa de los Henderson. Por otro lado empezaré las clases en la universidad la semana próxima, no estoy emocionada como Ana, pero tampoco disgustada.

Mientras cepillo mi cabello después de la ducha, recuerdo la llamada de mi padre. Que haya alejado de su vida a su amigo no es música para mis oídos, no quiero ni imaginarme cómo ha puesto fin a esa amistad.

Decido usar el pantalón color blanco ajustado que Ana me regaló, y en sus palabras citó: *exquisitamente sexy*, río para mis adentros y agradezco por su regalo. Busco en el closet y me decido por una camisa manga larga ajustada color lila. Seco mi cabello y se forman unas ondas marrones que caen por debajo de mis hombros, me maquillo un poco mis ojeras hinchadas por las lágrimas y un poco de labial.

Estoy lista.

Bajo las escaleras a hurtadillas esperando no encontrarme con alguna otra conquista de Matthew, pero no hay nadie. La cocina y la sala son un desastre, así que decido empezar agradecer por alojarme aquí y limpio un poco. También preparo el desayuno, no tan vegano para los chicos, mientras que yo todavía no he ido a comprar mi comida especial de conejo.

—Buenos días, mariposa. —me sobresalto al escuchar su voz detrás de mí.

—Eres así de despistada siempre— refunfuña un Matthew soñoliento.

—No, siempre y cuando no aparezcas y desaparezcas como un fantasma. —Explico nerviosa. Lleva sólo pantalones de algodón y su torso completamente desnudo y una V bien marcada al final de su cintura.

Oh, tengo que acostumbrarme también a verlo.

Puedo ver cada uno de sus extraños tatuajes. El de su espalda no lo había visto bien la primera vez, el ojo de un cuervo y muchas figuras triviales que se desplazan desde su espalda hasta la mitad de su brazo.

—Isabelle, Isabelle—Musita. Con una sonrisa —si sigues viéndome así me harás sonrojar— se burla. Y la que se sonroja soy yo, estoy viéndolo como si estuviera muriendo de hambre y su cuerpo fuera un hermoso manjar.

Aclaro mi garganta nerviosa. —He preparado el desayuno ¿Tienes hambre?

—Sí, muchas gracias, no tienes que hacerlo.

—Lo hago, es mi manera de agradecerles por dejarme vivir aquí, además, no quiero imaginarme qué comían antes.

Sirvo un poco de huevo y tocino con una mueca, ya que estoy pecando un poco aunque no lo coma y Matthew carcajea a todo pulmón.

Por una razón, estoy empezando a amar su sonrisa.

— ¿Qué es tan gracioso? —le pregunto viéndolo a la cara.

—Si vas a preparar el desayuno es mejor que no hagas caras extrañas, aunque me gusta. —se burla de nuevo.

De nuevo, vuelvo a sonrojarme.

Al verme que sólo tomo zumo de naranja me pregunta si no voy a desayunar a lo que mi respuesta es un *no* sin darle explicaciones.

—No hay nada que no haya venido de un matadero en tu cocina—respingo.

—Buenos días—saluda Joe.

—Buenos días, Joe. El desayuno está listo, yo tengo que irme a trabajar.

—Te llevó si quieres— se ofrece Joe.

—No, estaré bien, gracias, además sabes que me gusta caminar y la casa de los Henderson me queda un poco más cerca desde aquí.

— Casa de los Henderson —murmura Matthew sin hacer la pregunta directamente.

—Sí, doy tutorías de historia, latín, italiano y francés. —Explico y ni sé por qué lo hago.

—Pulchra doctorem[23]—Lo dice con una mirada atractiva.

---

[23] "Bella profesora"

Oh, Dios mío, también sabe latín.

Muevo mi nariz y podría jurar por los dioses avergonzados que me sonrojo aún más en este momento.

— ¿Qué rayos dijiste, Matt? —Se mofa Joe.

—Nada que te importe— le contesta sonriendo.

Joe niega con la cabeza y coge su desayuno acompañando en la isla a Matthew. Me despido de ellos con un gesto y me voy caminando rumbo a casa de los Henderson y pensando en cómo alguien como Matthew cada vez me sorprende de muchas maneras.

Cuando llego a mi pequeño trabajo uno de los chicos abre la puerta, está un poco nervioso y es extraño que los señores Henderson no estén en casa a esta hora.

— ¿Qué pasa, Mike? —pregunto tocando su nariz.

—David, creo que no se siente bien.

Oh, David.

—Bien, ¿Qué te parece si lees la siguiente lección con Katie mientras yo voy a ver a tu hermano? —intento sonar lo más normal posible para no preocuparlos, no es la primera vez que está asustado por que David "no se siente bien"

Subo las escaleras, y voy a la habitación de David.

—David—llamo a su puerta—Soy Belle, ¿Estás bien?

No responde.

Abro poco a poco la puerta, pero no lo veo por ningún lado. Escucho el grifo del baño y corro con la esperanza de encontrarlo ahí. David yace en el suelo y huele a alcohol. Siento unas terribles ganas de llorar por encontrarlo así.

Nunca lo había visto desmayado borracho, pero sí conozco un David ebrio y resacoso.

— ¡Dios mío, David! — intento levantarlo, pero es más grande que yo.

— ¡David, despierta! —toco su pálido rostro y se queja.

— ¿Isabelle? —musita cerca de mí.

—Sí, ayúdame David, tienes que entrar a darte un baño. —Intento levantarlo con todas mis fuerzas.

Se levanta un poco tambaleándose y se desnuda enfrente de mí. Puedo ver todos sus tatuajes en un pecho perfectamente musculoso y bien tonificado. Tatuajes sin sentido y diferentes a los de Matthew y Joe.

Demonios.

—Cierra los ojos—Susurra riéndose.

—No es momento de bromear, David. —lo reprendo y preparo la bañera.

— ¿Puedes quedarte solo por un momento sin que te ahogues? —lo riño con mi pregunta. Me siento incómoda por estar a solas con él y además está desnudo y no parece avergonzarse.

Cierra los ojos avergonzado—Sí.

Entra a la bañera, los músculos de sus brazos se tensan, es precioso de pies a cabeza pero el alcohol está acabando con su vida. Se ve triste, y yo me siento decepcionada de él. Había prometido no volver a tomar, pero sabía que no lo decía en serio. Su adicción es más fuerte de lo que pensé.

~183~

Al regresar al salón, los chicos están haciendo lo que les he asignado.

—Bien chicos, vamos a empezar. La semana pasada me pidieron que les enseñara poesía, así que a calentar motores.

Mike y Katie están listos con papel y lápiz para comenzar la lección.

—Si hablamos de cómo está compuesto un poema podemos decir que el poema está compuesto por 18 estrofas de 6 líneas cada una.

—No entiendo—Dice Katie sosteniendo su bolígrafo en la boca.

— ¿Qué les parece si lo ponemos en práctica? Elijan un tema libre y preparen un poema, no importa si es corto y cuiden su ortografía. — les asigno, mientras aclaro mi mente.

Escucho los pasos de David, estoy demasiado molesta con él para verlo a la cara.

—Yo podría hacer de ti un poema, sólo con verte— Dice y los chicos ríen a carcajadas haciéndome sonrojar. Es el David que conozco, el dulce y atento.

—Podría dejarte una asignatura muy importante y no es precisamente hacer un poema— le digo fulminándolo con la mirada. Viste casual y su cabello está húmedo, haciéndolo lucir muy atractivo pero es una lástima que sus ojos lo delaten.

—Preparé algo para comer, ¿Quieres acompañarme? —dice con voz temblorosa, odio ver a un David vulnerable y avergonzado.

Lo acompaño hasta la cocina y él toma mi mano y la besa.

—Perdóname, Belle—susurra.

—No es a mí a la que deberías pedirle perdón, David. Es a ti mismo, estás matando tu cuerpo lentamente.

—Lo siento... Belle, yo... mis padres...— arrastra las palabras.

— ¿Qué pasa con tus padres? —Pregunto apretando de su mano.

—Van a divorciarse.

—David, ¿Es por eso que bebes?

Asiente y niega al mismo tiempo.

—El alcohol ha sido un escape a esta farsa de familia perfecta, sabes que amo a mis hermanos pero soy una mierda, Belle. Mírame soy un asco de persona.

—*No hay disfraz que pueda ocultar el amor donde lo hay, ni fingirlo donde no lo hay.* —susurro—No eres nada de eso, sólo tienes un corazón roto que reparar y te has refugiado en lo más fácil.

—Tú eres mi única salvación, lo único que me hace querer ser mejor persona, Belle.

—David…

Me interrumpe con un beso, un beso avergonzado y desesperado, sus ojos están llenos de tristeza pero ese beso lo ha deseado tanto, así como yo deseo que sane su corazón y su cuerpo. Cierro mis ojos y no lo rechazo, quiero a David a mi manera y quiero ayudarlo.

—Belle…—susurra en mis labios—Te quiero.

Sus ojos brillan de felicidad y de tristeza a la vez, es la primera vez que me besa, y estoy sorprendida por haberlo permitido. Ni siquiera ebrio se atrevía a besarme y ahora lo está haciendo de forma desesperada. Agradezco para mis adentros que esté sobrio para recordarlo y que recuerde nuevamente su promesa.

—David, yo…

—No digas nada, sólo puedo hacer esto si estás a mi lado, Belle.

—David, eso no es justo, por favor no me hagas esto.

—Sólo te pido que me des la oportunidad de demostrártelo, no tenemos que ser novios, sólo déjame demostrártelo. *Nadie tiene dominio sobre el amor, pero el amor domina todas las cosas.* —Cita con una sonrisa.

—Mañana iré a terapia, mis padres salieron esta mañana temprano, sabían que había llegado borracho en la madrugada y mi madre me dejó la dirección del centro.

Me parte el corazón que sus padres sean tan fríos con su problema con el alcohol, pero David ya no es un niño y sabe que sus padres huyen como él y que de alguna manera se sienten culpables de su adicción.

Ya es bastante incómodo que David me haya besado, su cara de niño me sonríe por no haber rechazado su demostración de amor, pero por dentro yo estoy llorando como una niña. No quiero que se haga ilusiones conmigo, yo no puedo amarlo ni a él ni a nadie pero tampoco puedo decírselo.

Ƹ193Ʒ

Después de terminar las tutorías y leer los poemas de Mike y Katie, David sonreía junto con ellos, leía en voz alta los poemas un poco extraños de sus hermanos y me citaba frases de amor, amor no correspondido para ser exacta, pero era el David que quería ver siempre, sonriendo con sus hermanos.

Se ofreció a llevarme a casa, quería conocer dónde estaba viviendo y acepté, no era momento para rechazarlo y tampoco quería caminar ya que mi mente todavía estaba en otra dimensión.

Toca mi mano y sobresalto—Belle, Dios santo, estás helada.

Se quita la chaqueta y me la da. Tiene su aroma fresco, no es embriagador pero es agradable.

— ¿Estás bien? —pregunta nervioso. Sé que espera que hablemos del beso, pero la verdad es mejor no hacerlo.

—Sí, estoy cansada, tu comida estaba deliciosa, gracias— le sonrío y aprieto su mano.

Llegamos a casa y el Chevrolet está afuera, espero que David no reconozca el auto ni pregunte a quién pertenece.

— ¿Aquí es dónde vives? —pregunta apagando el motor del auto.

—Sí, es agradable, tiene un hermoso jardín y además mi mejor amigo también vive conmigo.

— ¿También? ¿Compartes la casa con alguien más?

—Sí, pero no hay de qué preocuparse. —digo calmándolo un poco y evadiendo todo tipo de preguntas.

Abro la puerta y me ayuda a salir del auto. Me acompaña hasta la puerta y mete sus manos en el bolsillo un poco nervioso.

—Entonces… ¿Todo bien?

—Todo bien, David.

Se inclina para besarme y la puerta se abre.

Un Matthew muy serio está frente a nosotros exterminando a David con la mirada.

¿Cuál es su problema?

—Hola, Matthew, él es David. David él es Matthew. —Hay mucha tensión en el aire y estoy tan segura que se debe a sus miradas, parece que quisieran matarse uno con el otro.

—Matt—contesta David sin estrechar su mano.

—Mariposa, no sabía que eras amiga de la *realeza*—Se burla Matthew.

Oh, dioses de los chicos rudos, por favor, que no se destrocen sus bellos rostros aquí.

— ¿Mariposa? —pregunta David frunciendo el entrecejo.

—Ni yo lo entiendo—Pongo los ojos en blanco— Gracias por traerme a casa, David.

Besa mi mano y le dedica una última mirada de deprecio a Matthew, todavía sigo sin entender sus miradas. Es como si ya se conocieran de algún lugar.

Al cerrar la puerta detrás de mí. Matthew tiene unos ojos ceniza a punto de estallar.

Voy a la cocina y me sorprendo al ver comida vegana para preparar en toda la isla.

— ¿Qué es todo esto, Matthew? —pregunto viendo cada empaque, sopas, vegetales y bebidas.

—Es tu comida, mariposa. —Se encoje de hombros.

—No, yo no he comprado todo esto, es demasiado. —Es más comida vegana de la que había visto en toda mi vida.

—Es mi forma de agradecerte por vivir aquí— me imita o se burla. En estos momentos es difícil analizarlo.

—No puedo aceptar todo esto, Matthew, tuviste que haber gastado una fortuna y ya es demasiado con vivir aquí pagando una tarifa mínima, además puedo comer fuera de casa y eso no es...

—Mariposa, hablas demasiado— me interrumpe —sólo tienes que decir gracias.

Oh, Matthew, eres un pequeño arrogante pero tierno cuando te lo propones.

—Gracias—digo sonrojada.

—De nada, mariposa. —Se da la vuelta pero regresa de nuevo—No sabía que tu novio era un niño rico.

¿Niño rico? ¿Y tú qué eres?

—Se llama David Henderson, y no es mi novio, es mi amigo.

—Creo para él eres algo más.

—Bueno, en todo caso eso no es de tu incumbencia.

—Claro que no. Sólo cuídate de los *buitres*, Mariposa.

—En todo caso un *halcón* también le gusta cazar a sus presas— Me defiendo.

— *Podemos tragar la carne sólo porque no pensamos en la cosa tan cruel y llena de pecado que hacemos.* —Cita con vehemencia.

—Citar a *Tagore* no te ayudará, si quieres que nos llevemos bien no te metas en mi vida, yo no me meteré en la tuya.

—Que nos llevemos bien o no, eso no me preocupa, mariposa.

— ¿Entonces qué te preocupa? — lo reto.

—Que te enamores de mí... o peor, yo de ti.

¿Peor?

¿Tan cruel sería?

El silencio se apodera de mí.

Me deja sin palabras, y lo mejor que puedo hacer es subir corriendo las escaleras y encerrarme en mi habitación. Me confunde con cada una de sus palabras. ¿Enamorarme de alguien como él? es como llamar a la perdición a mi puerta. El infierno puede adoptar muchas formas y Matthew Reed es exquisitamente una de ellas.

Regreso a la cocina para guardar en la alacena cada uno de los paquetes, estoy agradecida y me siento en deuda con él, pero siendo dadivoso conmigo no le da el derecho a juzgar a mis amigos, conozco a David lo suficiente para darme cuenta que no es como él que llama *polvos* a sus encuentros con las mujeres.

Preparo la cena, aunque no estoy segura si hacerlo o no, pero lo haré por Joe, mi apetito se ha ido desde que escuché la palabra *buitre*. Pensar en que David es lo que Matthew dice, forma un gran nudo en mi estómago.

David no es un *buitre* y lo peor de todo es que no puedo corresponderle, mientras que el chico malo que lleva tatuado el ojo de un cuervo, es él el que me hace sonrojar con sólo mirarlo.

Voy a mi habitación y saco un libro de mi madre para contemplarlo, bajo hasta la sala con la esperanza de que Matthew no salga de su cuarto y no siga atacándome con sus mensajes subliminales, me acurruco en el sofá y hago lo que más me gusta hacer, leer hasta quedarme dormida.

El libro es *Los raros*[24], del poeta nicaragüense *Rubén Darío.* Poeta que según relata, a la edad de tres años ya sabía leer, en cambio yo a los cinco años ya hablaba tres idiomas diferentes, no era porque haya sido obligada a hacerlo, de hecho amaba que mi madre supiera cinco idiomas más y solamente pudo enseñarme tres antes de morir.

"Bien vengas, mágica águila de alas enormes y fuertes
A extender sobre el Sur tu gran sombra continental,
A traer en tus garras, anilladas de rojos brillantes,
Una palma de gloria, del color de la inmensa esperanza,
Y en tu pico la oliva de una vasta y fecunda paz."[25]

El poema roba mi atención, y recuerdo de nuevo al *halcón*, magnifico y sensual *halcón* que juega tiro al blanco. Lo subrayo como otro de mis poemas favoritos.

[24] Libro de Rubén Darío publicado en 1896 que recopila una serie de semblanzas de autores admirados por el poeta nicaragüense.

[25] Theodore Roosevelt.

Lo que me faltaba—Pongo los ojos en blanco—que los libros me recuerden al chico mal hablado que me hace sonrojar.

Cierro mis ojos por un momento y pienso de nuevo en mi madre.

Estaba en la habitación de mi madre contemplando a Venus…

—Elena.

— ¿Madre?

—Elena, hija mía.

— ¿Por qué me abandonaste?

—Oh, Elena, jamás te abandonaría, eres mi vida, recuérdalo siempre ¿Por qué lo has olvidado?

—No lo he olvidado, pero tú ya no estás aquí para recordármelo, me duele el alma saber que ya no estás conmigo, mi dolor ha sido eterno desde que te fuiste.

—Hija, recuerda: Ni el infierno... Ni el fuego y el dolor son eternos[26].

—Entonces dime, ¿Cuándo entenderé tu partida?

—Cuando te conviertas en madre.

—Despierta, mariposa.

Abro los ojos y tengo mi rostro húmedo por mis lágrimas, Matthew está enfrente de mí de rodillas y su presencia tan cerca me asusta.

—Tranquila, soy yo.

Me he quedado dormida con el libro de mi madre en el pecho y soñé de nuevo con ella como lo hacía siempre y despertaba llorando.

— ¿Estás bien, mariposa?

—S... Sí, estoy bien.

[26] León Felipe.

Ƹ203Ʒ

Limpio mis lágrimas bruscamente, no me gusta que nadie me vea llorar dormida y la última persona que quería que me viera lo ha hecho. Su rostro refleja preocupación, está más serio que de costumbre pero me estudia con la mirada. No me gusta cuando lo hace, me pone demasiado nerviosa, pero no voy a salir corriendo esta vez.

—Iré a mi habitación, no quise molestarte— se disculpa poniéndose de pie y alejándose de mí.

—No te vayas—musito y me arrepiento de lo que he dicho: —Quiero decir… es tu casa. Puedes estar… donde quieras— me corrijo enseguida.

—También es tu casa, mariposa, puedes estar donde tú quieras, lamento mucho haberte asustado. —Su suave tono de voz me molesta.

—Preparé la cena, por si tienes hambre— digo cambiando el tema.

—Gracias, en realidad sí tengo un poco de hambre.

— ¿Quieres que te sirva un poco? — me ofrezco amablemente.

—No tienes que hacerlo, todavía estás un poco... alterada.

—Por favor, quiero hacerlo. —Insisto.

Se da por vencido y acepta de mala gana. Le sirvo un poco de comida, he preparado hamburguesas para él y Joe. Yo todavía no tengo hambre y ahora con esa mirada gris encima peor.

—Está delicioso, gracias— me sonríe llevándose el primer bocado a la boca.

— ¿Joe no está? —Pregunto. No lo he visto en todo el día desde que salí a trabajar esta mañana.

—Creo que está con Ana — concluye Matthew.

— ¿No vas a comer? —pregunta devorando la hamburguesa, siempre es divertido verlo comer.

—No tengo hambre— contesto moviendo mi nariz. — ¿Puedo preguntarte algo?

Asiente.

— ¿Qué hay en los dos últimos niveles del polígono?

Se atraganta de inmediato y toma un poco de zumo de naranja.

—Es mejor que no lo sepas, una chica como tú no debería de saberlo.

— ¿Una chica como yo? —Ahí vamos otra vez con las etiquetas.

Estoy cansada de escuchar comentarios como esos.

—Una mariposa como tú, las mariposas son las encargadas de llevar el espíritu y el alma de las personas desde la tierra hacia el cielo.

Oh, demonios, no soy nada de eso.

—No sé en qué te basas para llamarme así, pero créeme, no soy nada de eso.

—Sí, que lo eres, mariposa. Lo que pasa es que no te has dado cuenta de lo que eres, todavía no has extendido bien tus alas para darte cuenta.

Aclaro un poco mi garganta, él está equivocado no soy ninguna santa y mucho menos un icono de mensajero hacia el paraíso.

—Para los antiguos aztecas existían dos tipos de muerte que se consideraban las más nobles de todas: la muerte del guerrero en batalla y la muerte de la madre en el parto. Sobre sus cuerpos, se colocaban mariposas y creían que las mariposas eran una parte esas nobles almas. —Continúa explicando y agradezco a los dioses de las mariposas que no hay nada más cautivador que un hombre tratando de explicar el significado de una mariposa.

— ¿Entonces estás diciendo que soy un alma de la muerte?

—Lo que quiero decir es que la mariposa ha representado también el alma que escapa de la prisión de la carne y que vuela en libertad. A su vez, para los griegos también representaba el viaje y el vuelo del alma, su evolución, el nacimiento, desarrollo y muerte, así como también la renovación de la misma.

Oh, pequeño halcón sabelotodo.

—Es lo que eres mariposa, lo puedo ver, es una lástima que tú no lo veas.

Sonrío y me doy por vencida, no quiero seguir discutiendo su *catedra*, me gusta escucharlo hablar algo diferente que no sea *el polígono del infierno.*

—Eres un personaje extraño para saber de poesía e historia.

—Un caparazón puede guardar todo tipo de cosas por dentro. Un huevo puede ser una yema densa y también un precioso animal.

—Prefiero al animal. — sonrío.

—Yo también, aunque prefiero comerlo en las mañanas.

Pongo los ojos en blanco por su comentario no vegano.

—Me gusta ese libro—dice viendo el libro que leía hace un momento.

—Era uno de los favoritos de mi madre.
—Le comparto.

— ¿Puedo preguntarte dónde están tus padres?

—Muertos. —expreso punzante.

—Lamento mucho escuchar eso. —Mi frialdad lo sorprende.

Siento un nudo en mi garganta, nunca le había dicho a alguien que mis padres están muertos, al menos no los dos. Pero es mejor de esa manera, no quiero dar explicaciones de mi padre y de mi huida de casa tres años atrás.

—Iré a dormir, buenas noches, Matthew.

—Buenas noches, mariposa.

Me tumbo sobre la cama y pongo un poco de música para dormir. *Hallelujah* de *Jeff Buckley* suena en mi habitación, una hermosa canción que antes me hacía llorar pero ahora no puedo derramar una sola lágrima.

Enciendo mi ordenador y tengo muchos correos electrónicos basura y uno en particular, el Sr. Jones.

Querida Isabelle:

Lamento mucho que tuviéramos que llegar a esto, por favor perdóname por ser un padre insensible.
No me di cuenta que tú también habías perdido a tu madre.
Tu madre estaba enferma, Elena, lo sabías, eras lo suficientemente madura para darte cuenta de ello.
Espero podamos hablar pronto y podamos ser una familia de nuevo.
He abierto una cuenta a tu nombre con una cantidad bastante considerada para que comiences las clases.
Hablé con Norah y Rob y me han dicho que has ganado una beca en la universidad de Chicago, estoy orgulloso de ti.

Un abrazo.
Tu padre, R.J.

Ojala pudiera perdonarlo tan fácil como se lee su arrepentimiento en su correo, y lo más extraño de todo es que no siento nada. Su llamada me puso nerviosa pero ahora me siento más fuerte que nunca, jamás podré perdonarlo no sólo por la muerte de mi madre, también por dudar de mí.

Me rehúso a creer que mi madre haya tomado esa egoísta decisión. Y también lo culpo por haber creído más en *él* que en mí.

Los otros correos me recuerdan que el inicio de clases está más cerca cada día. Pero ahora me siento diferente, estoy más lista que nunca por este nuevo comienzo voy a hacer realidad el sueño perdido de mi madre.

ᘛƸ213Ʒᘚ

David me prometió ir a terapia por su adicción al alcohol y aunque ya era un gran paso el que había dado, todavía estaba preocupada por su estilo de vida. Joe me había dicho que David participaba en los últimos niveles, *Incitación* y *Condenación*. Tarde o temprano tenía que saber qué hacían en esos dos niveles para que fuera un tema delicado por tocar.

Matthew había evadido la pregunta por su catedra de las mariposas y Joe, bueno, él al menos me había dicho lo que hacían en el nivel 3, aunque no estaba del todo convencida.

—Belle, ¿Estás bien? — pregunta la Sra. Henderson. Haciéndome salir de mi imaginación.

—Sí, Sra. Henderson. Los chicos han hecho un gran trabajo, la próxima clase creo que empezaremos con las nuevas asignaturas.

—Me da mucho gusto saberlo, han mejorado gracias a ti, es una lástima que no pueda decir lo mismo de David.

—Sra. Henderson, con todo respeto, David es un gran chico, hay que darle el beneficio de la duda y esperar.

—El tema de divorcio lo ha vuelto loco, los chicos no lo han tomado tan mal. —Se ve que ella también la está pasando mal para que se esté abriendo así conmigo

—Mike y Katie lo entienden a su manera, esperemos que nunca se rebelen como lo está haciendo David, pero lo importante es el bienestar de ellos. —La animo un poco. No me imagino lo doloroso que es.

—Eres muy madura para tu edad, me alegro de que David tenga a alguien decente de *novia.*

Oh, no.

—No soy su novia— La saco de su error.

—He visto cómo te ve, por favor sigue haciendo lo que haces con él.

—Haré lo que pueda.

Eso fue incómodo, no sólo hablar de la adicción de David, también porque sus padres piensan que soy su novia.

Al llegar a casa Ana está acurrucada en la sala con Joe.

— ¡Belle! ¿Qué demonios te sucede? —pregunta viéndome de pies a cabeza.

—Nada—respondo desconcertada— ¿Por qué?

—Estás demasiado delgada, Joe me ha dicho que Matt ha comprado comida especial para ti. ¿Qué sucede?

—No pasa nada, Ariana, dame un respiro. He estado un poco estresada es todo.

— ¿Y la medicación?

— ¡Cielo santo! — resoplo dándole la espalda y voy directamente a mi habitación.

Detrás de mí Ana tumba la puerta y entra a zancada fulminándome con la mirada y Joe detrás de ella.

—Belle, dime la verdad, por favor.

— ¿Quieres saber la verdad? — Estoy a un hilo de perder la razón.—No las estoy tomando ¿Contenta?

—Pero...

—Pero nada, Ariana. No las necesito, estoy bien, estoy viva voy y vengo y mis días son normales, no hay pesadillas, no hay sueños raros, sólo no he tenido apetito y estoy segura que las pastillas no tienen nada que ver.

Se le llenan los ojos de lágrimas y sale de mi habitación. Joe se queda sorprendido, jamás le había hablado a Ana de esa manera pero estoy tan cansada que no supe expresarme de otra forma para hacerle entender que estoy bien. O al menos eso creo.

—Sólo intentamos ayudarte, Belle. Tómalo con calma. — Dice Joe tratando de tranquilizarme.

—No necesito que nadie se preocupe por mí, Joe. Mejor ve con tu novia y tranquilízala.

Joe no dice nada y sale de mi habitación.

Me siento como la peor amiga de todas, nunca había reaccionado de esta forma ante ellos y soy yo la que más se ha sorprendido, no quiero pensar que la falta de medicación está haciendo que me convierta en una persona malvada y mal agradecida.

Bajo las escaleras y Ana sigue llorando en el regazo de Joe. Me acerco y me inclino hacia ella de rodillas.

—Lo siento, Ana. —suspiro. —Lo siento mucho.

—Sólo quiero que estés bien, Belle. Me preocupas, nos preocupas a todos.

—Ese es el problema, me hacen sentir como si cada cinco segundos quisiera agarrar una navaja y clavarla de nuevo en mis muñecas.

—No hables, así, cuando lo recuerdo me dan ganas de llorar.

—Está superado, está bien hablar de ello. No me molesta. —digo tocando su rostro.

Llevo en mi mano una pastilla que el médico me recetó.

—Mira, las tomaré de nuevo para que estés más tranquila.

Voy a la cocina y tomo el antidepresivo. Joe y Ana me ven como si estuviera haciendo un experimento de ciencia esperando una reacción.

— ¿Cómo están tus padres? —pregunto tomando otro sorbo de agua.

—Están de viaje, hoy me quedaré aquí, si quieres me quedo contigo—se ofrece limpiando su rostro.

—No, tu novio se pondrá celoso. —Ambos se sonrojan.

—Bien, ya que hemos hecho las pases, hay que prepararnos.

— ¿Adónde vamos?

—Al polígono.

Oh, no el polígono del infierno de nuevo.

—Hoy será una noche importante, muchas personas vendrán no puedes dejar de ir con nosotros. — Insiste Ana.

Estoy segura que no necesariamente van por el tiro al blanco.

—Ana, la mariposa quiere quedarse acurrucada en casa, es mejor no insistir. —Dice Matthew entrando a la cocina. Aclaro mi garganta y quito la mirada de su hermoso cuerpo, está vestido como la primera vez que lo vi, vaqueros oscuros, una chaqueta de cuero y una camisa negra. Parece un ángel caído en este momento con sus ojos color ceniza.

—Estaré lista pronto—Contraataco. No voy a perderme por nada del mundo volver al polígono sólo porque el chico de los ojos ceniza me está retando haciéndome sentir una aburrida llena de libros.

— ¡Perfecto! —chilla, Ana.

Subimos a mi habitación y entro a la ducha, lavo mi cabello y después lo seco. Cuando salgo del baño, veo que Ana ya tiene el conjunto perfecto.

— ¿Falda? —Miro asombrada. Es una falda negra que apenas cubrirá mi trasero, y sé que no es mía, más bien de ella.

—Es perfecta para ti, tienes que mostrar esas hermosas piernas. —dice golpeando mi trasero.

También ha escogido una blusa de tirantes color rosa y una chaqueta a juego con la falda negra y zapatos negros con tacón de aguja.

Oh, diosas de la belleza, que mis pies resistan.

Después de vestirnos, veo a una Ana con unos ojos clavados en todo mi cuerpo, ella viste de falda también pero de color rosa y una blusa tubo negra y chaqueta a juego del mismo color.

—Te ves exquisita—Expresa arrastrándome al espejo.

Oh.

Tiene razón, no me miro mal, de hecho, me miro diferente a como usualmente me visto. Me siento incómoda por cómo lucen mis piernas desnudas, no estoy acostumbrada a usar algo tan corto y revelador.

—Tú te ves mejor—Digo pasándole la zalamería.

Alguien toca a la puerta y Ana se apresura a abrir, un Joe nos miró de pies a cabeza y se sonroja al ver a su novia tan hermosa.

—Belle, vas a matar a alguien así vestida, ¿Fuiste tú verdad? —Mira a Ana.

—Tiene que hacer resaltar sus mejores atributos— Dice riéndose en complicidad y besando en la boca a Joe.

—Vamos, se nos hace tarde.

Cuando bajo las escaleras Matthew está de espaldas tomando una bebida energizante. Ana carraspea llamando su atención y él voltea. Sus ojos color ceniza se clavan en mis piernas y suben hasta que sus ojos se encuentran con los míos.

— ¿Intentas hacer que los jugadores no se concentren? —Gruñe con voz seductora.

—No, ¿Por qué? No parece hacer efecto en ti. —Contesto sin vacilar.

Joe y Ana se ríen.

—Adelántense, mariposa irá conmigo— Ordena serio. Espero que Ana o Joe digan algo pero hacen lo que él les pide.

Demonios.

Ahora me siento incómoda y las piernas me tiemblan, aprieto mis puños tanto que siento que abriré mi piel con mis uñas, jugueteo con mi nariz y evito ver a Matthew a los ojos.

Doy dos pasos para acercarme a tomar agua y Matthew me toma del brazo y me arrincona a la pared. Trago una inmensa bola de aire que se forma de inmediato y sus ojos me recorren nuevamente el cuerpo.

—Entonces—susurra cerca de mi boca— ¿Dices que no causas ningún efecto en mí?

Mis piernas están por doblarse y caer al suelo, el efecto que él causa en mí es el mismo efecto que la gelatina en persona.

—N…No. —Musito nerviosa.

Él se acerca más, mete su mano por debajo de mi chaqueta tocando mi cintura, haciéndome estremecer y respirar con dificultad. Sus ojos brillan de deseo y su boca busca la mía con la mirada.

Oh, por Dios, quiero besarlo, quiero que me besé aquí y ahora.

—Qué bueno que pienses así, mariposa. —Dice soltándome y alejándose de mí, dejando su aliento y aroma penetrándome dulcemente, inhalo y cierro los ojos para sentir el aroma del pecado y la perdición.

Me ha provocado.

Abre la puerta principal y su mano roza por un momento la mía, siento una electricidad cargándose por todo mi cuerpo nuevamente. Abre la puerta del auto para mí y entro. Mis piernas están desnudas, y mis pequeñas manos intentaban ocultarlas.

Él se sube al auto y ve cómo me muevo en el asiento tratando se hacer bajar un poco más mi falda ajustada.

—Ten—dice sonriendo después de verme cómo me sonrojaba. Me da su chaqueta y la pone sobre mis piernas.

—Gracias—digo sonriéndole.

La música empieza a sonar al momento de encender el auto y son voces hermosas.

— ¿Quién es? —Pregunto sonriéndole como una niña.

—Es *Enya*, se llama *Love Song.*

—Canta hermoso.

—*En la música es acaso donde el alma se acerca más al gran fin por el que lucha cuando se siente inspirada por el sentimiento poético: la creación de la belleza sobrenatural.*[27]

[27] Edgar Allan Poe.

—Sigues sorprendiéndome, Matthew. —digo como el mejor cumplido que alguien pudiera hacerle.

Sus ojos color ceniza se iluminan en forma de agradecimiento y da marcha al auto, una pequeña comisura de su labio lo delata en una sonrisa escondida.

Sonrío para mis adentros. Por causar el mismo efecto con él.

Al llegar al polígono me siento nerviosa, juego con mis manos y busco a Ana con la mirada por todo el lugar.

—Tu novia te matará si me mira entrar contigo—le digo alejándome un poco de él.

—Ven aquí, mariposa, ni se te ocurra alejarte de mí y dejemos lo de *novia* a un lado, el único que puede morir aquí es el que intente ponerte un mano encima por cómo andas vestida. —Toma mi mano y me lleva con él a buscar a Ana.

¿Vamos tomados de las manos?

Esto tiene que ser un sueño escondido, hecho realidad.

Me siento avergonzada por su comentario, él tenía razón, mi vestimenta es demasiado relevadora aún con mi chaqueta, mis piernas están totalmente desnudas. Pero me sorprende que

Matthew esté tan preocupado por ello como para llegar a matar a alguien... en sentido figurado.

Ɛ223

Encontramos a Ana y Joe cerca del bar, tenían un aspecto de sorpresa y cuando dos pares de ojos siguieron a nuestras manos enlazadas, me sentí más nerviosa por lo que llegaran a pensar.

— ¿Se han tardado mucho? —dice Ana, lazando una ceja de manera provocativa.

—Estábamos buscándote—respondí nerviosa soltando la mano de Matthew.

Mi teléfono empezó a vibrar mientras que los chicos tomaban algunas bebidas, Matthew había pedido una soda para mí, le agradecí por su atención y por recordar que yo no tomo alcohol.

Miro mi teléfono y es una llamada, del Sr. Jones.

Me estremezco de inmediato, recibir mensajes o correos de mi padre no me hacen sentir nerviosa, pero escuchar su voz sí y más si Ana se da cuenta que él está tratando de ponerse en contacto conmigo.

Ana se da cuenta de mi expresión y disimulo un poco, Joe y Matthew hablan de las apuestas y de que hay personas extrañas en el lugar.

— ¿Qué pasa, Belle? —pregunta Ana, acercándose.

—Nada. —respondo tomando un poco de soda.

Matthew me mira con extrañeza mientras habla con Joe, mi teléfono sigue vibrando. Quiero contestar para saber qué quiere con tanta urgencia, pero no quiero hacerlo delante de ellos.

Personas se dispersen del lugar y camino un poco para buscar privacidad y responder a la llamada.

— ¿Adónde vas? —Pregunta Ana tomando mi mano para detenerme.

—Es una llamada, necesito atender. —Le explico rápido mientras me alejo un poco.

Camino hacia donde es la salida de emergencia para que no se escuche la música.

— ¿Qué quieres? —respondo.

—Hija, ¿Cómo estás? Qué agradable es escuchar tu voz.

—Respondí para decirte de nuevo que no me llames, no necesito hablar contigo en estos momentos.

—Sé que no quieres hablar conmigo, pero necesitaba escuchar tu voz, saber cómo estás, hija.

—Estoy bien, adiós.

Apago mi teléfono y mientras camino por el pasillo para llegar al bar donde están los chicos, veo un sujeto con las manos en el bolsillo apoyado contra la pared. Camino un poco más rápido sin darle importancia.

—Hola, preciosa—Me gruñe.

Ignoro su saludo y sigo caminando, el pasillo es un poco largo así que acelero todavía más el paso. Siento cómo él viene caminando detrás de mí, no hay nadie más, parece que todos están en el nivel 2 esperando el juego.

Continúo caminando y veo por encima de mi hombro que el hombre ha desapareció por una puerta que está en los pasillos. Me detengo por un segundo y cuando giro para seguir mi camino a toda prisa, tropiezo con mis zapatos y unas manos me sostienen llevándome hacia su pecho y cayendo sobre él en el suelo.

Sus hermosos ojos están cerca de los míos, sus labios carnosos están a centímetros de mis labios, puedo sentir su fresco aliento y su aroma embriagador.

Quiero sentir tus labios. Exclaman mis ojos.

—Mariposa, el infierno es para siempre y tú todavía eres una niña para querer arder por toda la eternidad.

—Te protegería de cualquier infierno que intentara acercarse a ti. —respondo viendo sus labios.

Unas personas se aproximan y ríen a carcajadas, el momento ha sido interrumpido. Matthew me ayuda a ponerme de pie mientras que yo intento no verle a los ojos después de lo que acabo de decirle.

— ¿Qué estabas haciendo aquí? —Pregunta molesto.

—Respondía una llamada, pero sentí que alguien me seguía.

—Te estaban siguiendo, mariposa. No quiero que te alejes de nuevo ¿Entendido?

Asiento viendo mis zapatos y apretando mis manos.

—Respira—susurra y toca mi barbilla para que lo mire a la cara.

—Lo siento. —Siseo avergonzada.

—Te disculpas demasiado, mariposa.

Sentí arder mis ojos, él me había rechazado o era lo que pensaba. Me ha dejado claro que no debo fijarme en él, que es una especie de oscuridad en el infierno que sólo va a causarme dolor. No sé qué me pasa cuando estoy tan cerca de él, no es el tipo de chico que llevas a tu casa a presentar a tus padres pero hay algo en él que ni siquiera él lo sabe, todavía puedo ver luz en sus ojos color ceniza.

Las mariposas habitan en el paraíso.

Cuando nos reunimos con los chicos Ana me atacó con preguntas y le mentí diciéndole que era una llamada urgente de David, sabía que no conocía muchas personas así que creyó en mi palabra. Fue extraño que Matthew me encontrara, o supongo que me siguió, pero de nuevo estaba en el lugar indicado apareciendo como una sombra.

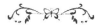

Fuimos al nivel 2 y el juego iba a comenzar, habían demasiadas personas en el lugar, más que la última vez, yo me seguía sintiendo nerviosa al estar rodeada de tanto peligro y adrenalina. El anfitrión hizo entrada a los jugadores y por último al *halcón*. Sonreí para mis adentros cuando sus ojos se encontraron con los míos al momento de ir por sus cuchillos.

Los primeros dos lanzadores son nuevos competidores, *Fireman* y *Scissorhands* no estaban compitiendo, en su lugar habían dos sujetos que parecía que venían de una película de terror, vestían todos de negro y en lugar de portar cuchillos llevaban… ¡armas!

Oh, Dios mío.

Lucifer, está aquí y su mirada recorre por cada parte de mi cuerpo haciéndome sentir incómoda. Matthew se da cuenta de mi incomodidad enseguida y se acerca a mí.

— ¿Estás bien? —pregunta sin apartar la mirada de su contrincante.

—Sí.

—Si te sientes incómoda, dímelo, te llevaré a casa ¿Entendido?

¿Será capaz de irse y dejar a un lado la competencia por ir a dejarme a casa?

Imposible.

— ¿Mariposa?

—Sí. Te lo diré, gracias.

—Tiradores a sus lugares, ¡Que comience el juego!

Uno de los hombres cuyo alias es *Punisher* toma su lugar, apunta con un arma de fuego, no tengo idea de qué clase de arma es pero parece tipo revolver. La chica ya se encuentra en posición delante del blanco.

¡Pum!

Se escucha el primer disparo, brinco por el sonido del impacto y agarro con fuerza el brazo de Matthew sin darme cuenta. Me suelto enseguida pero él me vuelve a colocar la mano en su brazo y sonríe.

Me siento aliviada. Y si estuviera en otro lugar estaría nerviosa por su toque, pero en estos momentos ver que la vida de una chica depende de un hilo me hace olvidarme de todo.

Joe no cubre apuestas esta noche y está con Ana de la misma manera en que yo con Matthew.

¡Pum!

Se escucha otro disparo, rodeando a la chica, después de cinco disparos más, aplausos abarrotan el lugar.

Cuando el tirador numero dos entra a escena tiene un aspecto demacrado y viste todo de negro pero con un lazo rojo en su muñeca derecha. Me siento aún más nerviosa por la chica que está en el blanco, y ella parece igual de asustada.

¡Pum!

El primer disparo, el arma es diferente, un poco más grande y brinco de nuevo metiendo mi cara en el brazo de Matthew, esperando que todo termine.

¡Pum!

Se escucha el siguiente y en vez de aplausos se escuchan gritos. Abro mis ojos y la chica del blanco yace en el suelo con una herida de bala en el brazo.

— ¡Mierda! —gruñe Matthew.

Las personas empiezan a acercarse a la chica y la escena sangrienta y en ese momento el tirador huye y corre hacia la salida. Los hombres de seguridad salen tras él y le quitan las armas. Ana se queda junto a mí mientras que Joe y Matthew ayudan a la chica que grita y se tuerce del dolor en el suelo.

— ¡Ana, llévate a Isabelle! vayan a casa, ten las llaves del auto no pueden estar aquí, la policía llegará en cualquier momento. —Dice Matthew nervioso, le da las llaves del auto y corremos fuera de ahí.

Que Matthew me llamara por mi nombre era una señal que estaba tan asustado como yo.

Ana no parece tan asustada, en cambio yo no puedo respirar, ver a esa chica tirada en el suelo llena de sangre, me recordaron a *aquel* día.

—Belle, mírame—Chasqueó Ana. —Todo está bien, son cosas que pasan.

—Los chicos, ¿Van a estar bien? —pregunto con mucho miedo en mi voz.

—Estarán bien, el tío de Joe se encargará, pero es mejor que no estemos ahí.

Ana habla por teléfono con Joe. Escucho que le dice que yo estoy muy nerviosa y que estamos cerca de casa. Al salir del auto me quito los tacones y camino descalza, me quedo sentada en la orilla de la puerta. Estoy demasiado alterada por lo que he presenciado. Esa chica estuvo a punto de morir sí es que su vida ya está fuera de peligro.

—Vamos, Belle. Hay que ir adentro, está muy frío aquí afuera.

Me levanto del suelo y entramos a la casa, subo a mi habitación y me cambio de ropa por un pijama, miro sobre mi cama y veo la chaqueta de Matthew. No recuerdo haberla bajado cuando iba con él, pero de alguna manera lo he hecho cuando regresé a casa con Ana. La sostengo por un momento cuando Ana toca la puerta.

— ¿Estás bien? —pregunta asomándose. —Preparé café, creo que no voy a pegar un ojo en toda la noche hasta que los chicos regresen.

Estoy totalmente de acuerdo, ni yo tampoco lo haría. Dejo la chaqueta sobre la cama y bajo con ella a la cocina. Nos llevamos la taza de café hacia el mueble y nos acurrucamos viendo los noticieros para saber si hay alguna novedad del polígono.

Estoy demasiado inquieta, sólo pienso en Matthew y en Joe, no quiero que les pase nada malo, son los dueños del espantoso lugar y una chica está en peligro.

Empiezo a recordar las palabras de Matthew:

El infierno es para siempre y tú todavía eres una niña para querer arder por toda la eternidad.

Enamorarme es algo imposible, ni siquiera sé si mi corazón puede sentir esa clase de cosas o que alguien como él pudiera fijarse en una persona como yo. No puedo ni corresponderle a David. Él es hermoso e inteligente, su familia me quiere y a pesar de eso… No estoy enamorada de él.

¿Cómo puedo enamorarme de alguien totalmente contrario a eso?

Matthew es todo lo contrario a David, es dueño del *infierno*, ni siquiera sé si tenía familia o de dónde saca el dinero, las apuestas son altas pero no espero que sean suficientes para mantener una casa tan grande.

~Ƹ233~

Tampoco sé si estudia o cuántos años tiene, no sé nada de él, es un completo extraño que revive cosas dentro de mí que desconozco, pero a la vez me gusta y me da miedo. Sólo conozco sus pecados y su perdición, las mujeres y el polígono, su vida como el *halcón.*

Y lo peor de todo es que soy una niña para él. Seguramente es mayor que yo para que me vea como una niña, a la que necesitaba cuidar o una frágil mariposa que está fuera del paraíso y se ha encontrado con él en el infierno.

Se me hace un nudo en el estómago.

No quiero que me vea como una frágil niña.

Tres horas después Ana se queda dormida, yo no puedo dormir sin saber de ellos. Apago el televisor y me asomo por la ventana. No hay señal de ningún auto, reviso que las puertas estén cerradas, mientras un escalofrío recorre por todo mi cuerpo al saber que estamos solas en casa.

Voy al baño y me lavo la cara. El nudo en mi estómago me provoca arcadas, así que vuelvo a empapar mi cara de agua y froto mis ojos.

Salgo del baño y cuando bajo las escaleras veo las luces de un auto afuera.

Me acerco por la ventana y son los chicos, abro la puerta con un gran alivio y Joe hace una mueca y me sonríe. Ana se despierta enseguida y cuando Matthew se acerca a la luz puedo ver su ropa llena de sangre. Mi corazón se acelera y empiezo a temblar pensando lo peor.

No puedo ver sangre.

No puedo ver sangre desde el suicido de mi madre y desde *aquel* día. La sangre me ponía nerviosa y verla en la ropa de las personas era una mala idea.

Él me mira con expresión de alivio y se acerca a mí, ve cómo mis ojos recorren por toda su camisa, brazos y manos llenas de sangre, y de repente siento que voy a llorar.

—Tranquila, mariposa, no pasa nada.

No puedo hablar y cuando se aproxima más a mi empiezo a temblar. Imágenes de todo tipo de tragedia vienen a mi mente. Y de nuevo todo da vueltas.

—Belle, mírame—Ana me saca del trance—No pasa nada, mírame, no pasa nada.

—Iré a darme un baño—dice Matthew, al darse cuenta que su aspecto me provoca temor.

Ana y Joe me sientan en el mueble, Ana me da un poco de agua y Joe busca mis pastillas y enseguida lo detengo.

—Tienes que tomarlas, estás demasiado alterada, Belle. —Insiste Ana.

—Estoy bien, no te preocupes. —Miento para tranquilizarlos.

Matthew regresa con ropa limpia, empiezo a sentir el aroma fresco y embriagador de nuevo, verlo sin toda esa sangre encima es un gran alivio para mí.

— ¿Qué ha pasado con la chica? —pregunta Ana.

—El maldito hijo de puta no estaba autorizado para portar arma y estaba demasiado ebrio para concentrarse. —Explicaba Joe: —el muy cobarde quiso huir pero nos encargamos de él.

— ¿Y la chica está bien? —Pregunto yo esta vez.

—Sí, fue un disparo directo a su brazo pero está bien.

—No voy a permitir ese tipo de tiros de nuevo, el polígono no es para esa clase de mierda. —Gruñe Matthew. Parece demasiado enfadado, a juzgar por cómo toca su cabello de manera desesperada.

— ¿Necesitas algo? —pregunto tocando su rodilla, él la mira por un segundo y pone su mano encima de la mía, un fuerte escalofrió recorre mi cuerpo enseguida... otra vez y la quito por lo que provoca en mí.

—No, gracias, mariposa. —Vuelvo a ser mariposa. Vuelvo a ser una frágil niña.

— ¿Qué es eso? —pregunta Matthew viendo hacia la puerta. Hay un paquete y no lo había visto antes.

—No lo sé, antes de salir de casa lo vi— dice Joe.

Se acerca y ve el sobre. Frunce el cejo mientras repasa su mano por encima de éste.

—Elena Isabelle Jones Bell—Pronuncia en voz alta, empujando cada palabra.

Al escuchar mi nombre siento un nudo en mi estómago, nadie me llama Elena, sólo mi madre.

— ¿Quién lo manda? —Pregunta Ana, yo todavía no puedo salir de mi alucinación al pensar en quién ha mandado ese sobre.

—R.J. —Contesta Matthew con el cejo fruncido admirando el sobre en sus manos.

Me levanto exasperada y camino hacia la cocina sin decir nada. Me sirvo un poco de zumo de arándanos y nerviosa cojo el vaso y me lo llevo hacia la boca para tomar un sorbo.

—Tíralo—ordeno.

— ¿Quién es R.J.? —Pregunta Matthew.

—Es su maldito padre—Escupe por mí Ana. Matthew me mira sorprendido, le había dicho que mis padres estaban muertos. Ahora no sólo era una niña, también era una mentirosa. Él no dice nada; sólo se limita a poner el sobre en la isla de la cocina.

Es un sobre amarillo, lo miro con despreció. Mi padre sólo sabe enviarme su dinero. Pero él había hablado algo de una cuenta bancaria, no era un paquete de un banco, era otra cosa.

Me pican las manos por abrirlo así que lo hago. Rompo el sobre con mucho cuidado y saco los papeles que hay dentro. Cuando veo lo que el Sr. Jones me ha mandado, siento un gran golpe en el corazón en ese momento.

Son fotografías y dos cartas... todo de mi madre.

Veo la primera fotografía, una es *El nacimiento de Venus*[28] las siguientes imágenes son obras de arte diferentes, pero la última fotografía hace que mi mundo se detenga.

Una fotografía de mi madre bajo el viejo árbol Jacaranda que estaba en casa. Nunca había visto esta fotografía, quizás él la había tomado. En la fotografía mi madre tiene un aspecto diferente, sonríe a la cámara como si la hubiesen tomado por sorpresa.

Pongo las fotografías sobre la isla y tomo un sorbo de zumo, el vaso se me resbala de las manos haciéndose añicos en el suelo, el sonido llama la atención de los chicos, sus voces suenan como eco en mis oídos, no puedo salir de mi modo trance en estos momentos, ni siquiera puedo hablar, no puedo moverme.

Quiero llorar con todas mis fuerzas, ver la fotografía de mi madre no me hace sentir feliz, de alguna manera me hace recordar el día en que la encontré en la tina del baño con sus muñecas abiertas.

—Mariposa, respira. —Musita Matthew. Elevo mi rostro y busco su mirada gris,

[28] Es una pintura de Sandro Botticelli (1445 - 1510).

veo sus ojos color ceniza y siento de nuevo su aroma penetrándose en mis poros. Alzo la mano para tocar su hermoso y perfecto rostro y me dejo caer en sus brazos.

Ƹ243Ʒ

Había sido demasiado para mí, ver una chica que estuvo a punto de morir, me hizo recordar a mi madre, seguido de eso ver una fotografía de ella antes de morir hizo que todos mi pasado regresara en un segundo.

—Elena.

— ¿Madre?

—Hija, Todas las obras de arte deben empezar por el final.[29]

— ¡Hay que hacer algo, tenemos que llevarla al hospital!

Despierto, y tres pares de ojos están mirándome como si estuviese loca.

— ¿Belle? —Susurra Ana acercándose.

—Estoy bien—Digo secándome las lágrimas del rostro.

— ¡No lo estás!, hablaré con mis padres, ellos debieron darle la dirección a tu

---

[29] Edgar Allan Poe.

padre. —maldice en voz alta y da vueltas por toda la habitación.

—Déjalo, es peor si llego a verlo. —Intento tranquilizarla, no soportaría estar en un hospital por mis nervios de nuevo.

— ¿Necesitas algo, mariposa? —Escuchar su voz me hace suspirar

—No, gracias... Lo siento. —murmuro.

—Oye, mírame—me ordena—No vuelvas a disculparte, no es tu culpa. — me reprende dulcemente.

—Chicos, ¿Pueden dejarme sola un momento con Belle?

Matthew y Joe salen de la habitación a regañadientes. No sé exactamente la expresión de Ana, se ve molesta y al mismo tiempo preocupada, tiene los ojos rojos porque ha estado llorando por mí mientras estaba inconsciente.

—No has estado tomando tu medicación, ¿Verdad?

Niego con la cabeza y ella suspira con dificultad.

—Esto es lo que pasa cuando no lo haces, Belle. ¿Qué hubiera pasado si hubieses estado sola?

—Probablemente nada de lo que ocurrió la última vez, o quizás...terminarlo.

— ¡No hables así! —Grita llorando. —No vuelvas hablar así, Elena Isabelle.

—Lo siento, tienes razón. Pero tienes que entender que mi desmayó no lo provocó la falta de medicación. Estoy exhausta fueron demasiadas emociones encontradas, no soy de palo, Ariana.

—Tienes razón, no voy a insistir en tu medicación, voy a confiar en ti, Belle. Pero si me fallas, juro por Dios que te sacaré de aquí.

—No te preocupes, Ana. Estaré bien. —Toco su mano y enlazo mis dedos con los de ella.

Ana, me deja sola en la habitación.

Me levanto y me doy una ducha caliente para relajar mi cuerpo, me tumbo de nuevo sobre la cama y duermo profundamente.

A la mañana siguiente despierto como nueva, parece que nada de lo que pasó la noche anterior se ha quedado para siempre conmigo. Cuando bajo a la cocina los chicos están ahí.

—Buenos días, Belle—Me saluda Joe.

—Buenos días a todos. —Contesto tímida.

—He preparado el desayuno, siéntate— Me ordena Matthew sin verme a los ojos. Ahí está otra vez su extraña actitud ante mí.

¿Está molesto porque le mentí?

Hago lo que me pide y veo que me ha preparado crostones de pan integral.

¿Sabe cocinar?

—Gracias, Matthew. —le agradezco con una sonrisa tímida. Él me sonríe y al mismo tiempo sus ojos maldicen por haberlo hecho.

Ana desayuna sin decir nada, no me está ignorando pero sé que está resentida por todo lo que ha pasado. Veo el sobre que sigue sobre la mesa de la entrada. Suspiro y devoro el desayuno que Matthew ha preparado.

— ¿Quieres que lo tire? —Pregunta Joe siguiendo lo que estaba viendo.

—No, era de mi madre.

—Lo sé, lo vimos, espero no te moleste, pensamos en que quizás era algo malo, de hecho es algo muy lindo tener una fotografía de tu madre, ahora sé el motivo de que te guste tanto ese árbol.

De hecho no sabía que a mi madre también le gustaba, nunca la vi cerca de él, en cambio para mí era mi lugar favorito de la casa y mi escondite, donde recibí mi *primer beso*, ese árbol no sólo me recordaría a mi madre también me recordaba a Adam, *el niño de los ojos hermosos.*

— ¿Qué haremos hoy? Necesitamos distraernos con algo. —Propone Joe.

—Tengo planes para esta noche—Dice Matthew aclarando su garganta.

—Yo tengo que estudiar, soy alumna transferida este año así que tengo que ponerme al día. — Digo haciendo una mueca.

—Bueno, seremos tú y yo, cariño—Joe besa en la coronilla a Ana.

Después del desayuno, me acerco a Matthew para ayudarle a limpiar la cocina.

—No te preocupes, mariposa.

—Por favor, quiero hacerlo, tú cocinaste ahora limpio yo.

De mala gana me regresa la esponja del lavado, seca sus manos y sube hasta su habitación. Tenerlo cerca no es tan malo, pero cuando se muestra más frío que de costumbre, eso sí es malo.

Después de limpiar la cocina, Ana y Joe se acurrucan a ver una película, es la pareja perfecta, sonrío al verlos tan felices, son tal para cual.

Les doy un poco de privacidad y regreso a mi habitación a darme un baño.

Decido usar un vestido color lila que llega arriba de mis rodillas, lo convino con unas zapatillas blancas y salgo al jardín a leer un poco. Me detengo sorprendida por un momento al ver cerca del árbol una butaca con cojines. Joe debió ponerlo ahí.

O Matthew dice una voz en mi cabeza.

Me alegro para mis adentros y me acomodo en él. Es bastante cómodo, y la brisa corre despeinando mi cabello.

Permanezco leyendo por largos minutos para la clase de poesía, es una de las asignaciones nuevas que llevo. Mi madre me hablaba de poesía todo el tiempo y de historia.

Tenía muchos libros que le habían pertenecido a ella y a sus padres, mis abuelos. Cada vez que leía un libro de mi madre era como si estuviese escuchando su voz.

Tamerlane and Other Poems (Tamerlán y otros poemas) de *E. A. Poe*, no sólo era uno de mis poetas favoritos, también era el de mi madre, tenía muchas ediciones de él y demás obras de arte de famosos gremios literarios.

—No sabía que tuvieras un libro como ese—Me sobresalto al escuchar la voz de Matthew enfrente de mí ¿Cuánto tiempo llevaba ahí?

—Era de mi madre—Explico nerviosa.

—Sólo se imprimieron cincuenta copias, y el libro pasó prácticamente desapercibido. —Dice sorprendido, no sabía que tenía un tesoro de gran valor en mis manos.

—No lo sabía—digo contemplando su portada, está en buen estado, sus páginas están amarillas y tiene un aroma único.

—Fue el primer libro de Edgar Allan Poe, lo firmó: *Por un bostoniano*[30]. Se cree que pudo haberlo hecho para despistar a su

---

[30] E. A. Poe nació en Boston, Estados Unidos.

padre adoptivo, él no deseaba que se dedicase a la literatura. —Lo último lo dijo con un tono triste, como si se conectara con ello.

Escucharlo hablar así es como melodía para mis oídos, nadie hablaba con tanta pasión como él, me recordaba a mi madre cuando me leía y me explicaba cada frase de ellos.

—En ese caso creo que será uno de mis tesoros—Le digo en agradecimiento por la información que acaba de darme.

—Eres muy afortunada, mariposa, cuídalo bien.

— ¿Cómo sabes tanto de poesía? Quiero decir alguien como tú… bueno alguien que se dedica… ya sabes—tartamudeo, me siento una tonta, no quiero ofenderlo.

—*No tengo fe en la perfección humana. El hombre es ahora más activo, no más feliz, ni más inteligente, de lo que lo fuera hace 6000 años.*[31]

Oh, Matthew y los dioses de la poseía hará que me desmaye cada vez que lo escuche hablar así.

—Lo siento, no quería ofenderte, es sólo que…

---

[31] Edgar Allan Poe.

—Mariposa, te disculpas demasiado, ya te lo he dicho.

Da media vuelta y regresa al interior de la casa, dejándome de nuevo confundida por su conocimiento, no era que para mí él fuese un neandertal, simplemente alguien como él con un estilo de vida inusual era sorprendente que supiera tanto de libros.

~253~

Estaba oscureciendo y estaba muriendo de hambre, Ana y Joe estaban fuera y no regresarían hasta la hora de dormir, no sabía si Matthew estaba en casa, me acerqué a la ventana y su Chevrolet no estaba ahí. Estaba sola. Hice una mueca y me fui a la cocina a preparar algo ligero.

Había recibido una llamada de los padres de Ana, supongo que se dieron cuenta que mi padre había mandado un paquete y también de mi desmayo de la impresión. Les expliqué que había sido un desmayo emotivo y no por nervios como pasaba usualmente cuando no tomaba mi medicación, estuvieron más tranquilos cuando les dije que las clases estaban cerca y estaba muy emocionada por empezar este nuevo año en mis nuevas clases usando los viejos libros de mi madre.

Cuando terminé de cocinar y comer, sola. Puse un poco de música y me senté en el sofá a ver el techo, era blanco y parecía un lienzo para pintar. Me preguntaba cómo alguien como Matthew siendo tan listo se dedicara a jugar algo tan peligroso, ya lo había visto con sus propios ojos y a pesar de que no volverían a jugar tiro al blanco con arma de fuego, el arma blanca era igual de peligrosa, era una muerte lenta, pero segura.

Se hicieron las nueve de la noche y todavía nadie llega a casa, me voy a mi habitación y me doy una ducha para prepararme para dormir.

Only you de M*atthew Perryman Jones,* dan paz a mi interior y empiezo a sentirme cómoda en mi propio mundo.

Enciendo una vela y me tumbo sobre la cama boca abajo mientras tarareo la canción. Mi celular vibra y es un mensaje de David:

Belle,
Me siento feliz de haber tomado la decisión de ir a terapia.
Espero poder ganarme tu amor cuando sea digno de él.

Tuyo,
David.

Oh, David.

Estoy muy feliz de que por fin haya decidido ir a terapia, pero no quiero que lo haga por ganarse mi amor, mi cariño lo tiene, pero el amor es casi imposible para alguien como yo.

Respondo:

David,
Estoy orgullosa de ti por el cambio que has hecho.
Confío en que todo saldrá bien.
Un paso a la vez.

Un abrazo.

Un amor no correspondido era algo duro que no quería imaginar cómo David se sentía cada vez que me miraba, aquel beso no había significado nada para mí y me culpaba a mí misma por haberlo permitido, pero para él era como ir al cielo y regresar.

Somos amigos pero así como en la amistad entre un hombre y una mujer es tan solo una pasarela que conduce al amor. Algo que pasó para él, pero no para mí.

Minutos después vuelvo a recibir otro mensaje de David:

"Te amo amor, aún en contra de mi voluntad,
Te amo con amor, que se camufla en amistad."

Un beso,

David.

Sé perfectamente que su amistad es más que eso, ahí estaba de nuevo recitándome poemas expresando su amor por mí. No respondo, y apago la música y cierro mis ojos, no quiero pensar en nada.

Horas después, un gran estallido me despierta, veo el reloj y pasan las tres de la madrugaba. No sé si Joe y Ana han regresado así que me levanto y arrastro mi trasero fuera de la cama. Me doy cuenta que mi pijama es un poco... reveladora, pantalones de algodón corto y una blusa de tirantes que enseña un poco mi abdomen plano.

Cuando pienso en cambiarme, otro estruendo me hace brincar. Abro la puerta y el pasillo está oscuro como de costumbre, me acerco a la habitación de Joe pero no escucho nada.

Definitivamente el ruido viene de abajo, bajo las escaleras con mucho cuidado, voy descalza y un escalofrió se apodera de mí. Camino despacio hasta llegar a la luz que viene de la cocina. No quiero interrumpir si se trata de Matthew y otro de sus «*polvos*». Llego a la cocina pero no hay nadie ahí, de nuevo vuelvo a escuchar un sonido que parece un murmullo; esta vez, viene de la sala.

Cuando llego ahí, Matthew está de rodillas en el suelo, una botella yace en mil pedazos cerca de él. Me aterro y me aproximo lentamente.

— ¿Matthew? —Susurro acercándome, cuando escucha mi voz me mira por encima de su hombro.

—Ve a la cama, mariposa—arrastra las palabras, está ebrio.

No me gusta la gente ebria y a juzgar por la apariencia de Matthew es casi irreconocible.

—Déjame ayudarte, por favor.

—Mariposa, no sólo te disculpas demasiado, también imploras. —Se burla sin verme.

Ignoro su comentario y me acerco más a él. Con temor a su reacción pongo mi mano en su hombro. Él se inquieta y agarra mi muñeca fuerte pero no me hace daño.

—Estás temblando—murmura con molestia, parece que mi reacción lo lastimara.

La verdad es que no le tengo miedo a lo que pueda hacerme, me aterroriza las emociones que causa en mí con sólo tocarme.

—Lo siento...—Mascullo, y él se levanta del suelo sin soltar mi muñeca.

Estamos frente a frente, me mira de pies a cabeza y sus ojos se quedan clavados en mis pechos y siguen hasta mi cintura desnuda. La forma en cómo me mira no es como si estuviese viendo una niña, me mira con admiración y sus ojos resplandecen de deseo en la oscuridad.

Matthew se acerca un poco más y yo retrocedo hasta que mis piernas sienten el sofá detrás de mí. Él se da cuenta que no tengo escapatoria y sigue aproximándose lentamente sin quitar sus ojos de los míos hasta estar pegado a mí. Siento su aliento etílico pero no me da asco como suele sucederme con otras personas, es una combinación embriagadora de pecado y desesperación.

Sus ojos relumbran, parece casi un gato en la oscuridad, mis manos tiemblan pero no es de miedo.

También lo deseo.

Deseo que me bese y me tome aquí mismo.

Intento zafarme de su suave agarré pero sus manos van a dar a mi cintura, haciéndome soltar un leve suspiro y me tumba sobre el mueble.

¡Matthew está encima de mí!

Siento el rápido latido de su corazón en mi pecho.

—Elena—Susurra en mis labios.

Escucharlo pronunciar mi nombre es como escuchar a los ángeles cantar en esta noche oscura y fría.

—Matthew, por favor... Bésame.

Mi súplica lo toma por sorpresa, siento mis ojos arder por ver esa mirada en sus ojos. Siento que duele, puedo sentir su dolor, pero no sé lo qué es. No conozco a este chico y no quiero enamorarme de un completo extraño.

No quiero enamorarme de nadie.

No quiero enamorarme de él.

—Oh, Elena, Alguien como yo te pedirá perdón un millón de veces antes de poder decir un «*Te amo*».

Siento el corazón hecho un nudo. Planta un beso en mi coronilla y se levanta. De nuevo me vuelve a rodear el aire frío como lo han hecho sus palabras. Me ha dejado en el sofá confusa y ardiendo de apetito por sus besos y su cuerpo sobre el mío.

Él me ha rechazado... de nuevo.

Me levanto avergonzada y sin decir nada me arrodillo cerca de los vidrios para recogerlos nerviosa.

No sé qué otra cosa hacer.

—Deja eso ahí, mariposa. —Me ordena y no hago caso.

~263~

Ignoro cómo resopla, sólo tengo ganas de llorar aquí mismo pero no lo haré. Solamente lloro en mis sueños y en el mundo real no hay dolor tan fuerte que me haga hacerlo y Matthew Reed no va a venir a cambiar eso ahora.

— ¡He dicho que dejes ahí, joder! —me grita tomándome de los hombros y me levanta como una pluma del suelo.

Los vidrios caen de nuevo al suelo y sus ojos siguen mis manos.

Oh, no.

Están llenas de sangre pero no siento dolor alguno, ya estoy acostumbrada a hacerme daño de esta manera.

— ¡Cielo santo, mariposa! —sostiene mis muñecas y me lleva hasta el lavado de la cocina.

Me lava con agua y se va por un momento, regresa con unas pinzas y hago una mueca de dolor.

Lo miro cómo extrae pequeños vidrios de la palma de mi mano, lo hace con mucha delicadeza. Lo observo mientras lo hace, la manera en que frunce el cejo me gusta, ya no parece tan ebrio después de todo.

En cambio yo no digo nada, sólo puedo verlo y repasar cada una de las palabras que me ha dicho.

Alguien como yo te pedirá perdón un millón de veces antes de poder decir un Te amo.

Cuando termina de limpiarme, permanece serio y no dice nada, me aparta las manos y se toca el cabello exasperado como suele hacerlo cuando algo le preocupa.

¿Está molesto conmigo?

—Matthew yo...— Intento hablar, tengo que decir algo para romper el hielo, pero no puedo.

Él no me mira a los ojos, parece decepcionado y asqueado con toda la situación.

Entonces vuelvo a hacer lo que hago siempre.

Subo corriendo las escaleras y cierro de un golpe la puerta, me tumbo sobre la cama y entierro mi cabeza en la almohada. Estoy tan confundida y me siento rechazada de una manera ridícula.

Eres patética, Isabelle.

He pensado que vivir con él se está convirtiendo en la entrada al mismísimo infierno.

Después de aquella noche no podía verlo a los ojos, preparaba el desayuno y lo dejaba listo para ellos, llegaba de la casa de los Henderson y me encerraba en mi cuarto, no salía de ahí por horas.

— ¿Belle? —Toca Joe a mi puerta.

—Adelante, Joe.

Una sonrisa fingida dibuja mi rostro para no preocupar a mi amigo.

— ¿Cómo estás? Casi no te he visto estos días, ¿Pasa algo?

—No pasa nada, Joe, he estado estudiando—señalo el libro que tengo en manos.

—Sabes que puedes contar conmigo ¿Verdad?

Digo que sí con la cabeza. No puedo decirle a Joe que su mejor amigo y nuestro compañero de casa es el culpable de mi encierro. Muero de la vergüenza cuando lo miro o cuando escucho su voz por el pasillo.

—Lo sé, Joe y te lo agradezco, pero no hay nada de qué hablar.

Después de nuestra amena conversación sobre el comienzo de clases en la universidad, agradecía a mis adentros por tener a alguien como Joe viviendo bajo el mismo techo. Él conocía a Matthew más que yo, pero no iba a preguntarle nada sobre su vida. No me interesaba o eso era lo que quería hacerle creer a mi mente y por una tonta razón también a mi corazón.

No podía dejar que Matthew Reed pusiera mi mundo de revés o me confundiera, estaba aquí intentando cumplir una meta y el sueño de mi madre, enamorarme de alguien como él era salir del paraíso sin ser echada por ir al infierno sin ser llamada.

Cuando Joe se fue estaba famélica pero tenía miedo de ir a la cocina y encontrarme con Matthew, pero mi estómago rugía y no podía estar todo el tiempo encerrada, después de todo también era mi casa.

Qué ridículo.

Me miro al espejo antes de salir, tengo mi cabello recién lavado. Me acomodo mis pantaloncillos, me paso de nuevo los dedos en mi cabello y me armo de valor para abrir la puerta.

Es un alivio no encontrarlo en el pasillo. Preparo algo ligero para comer y mientras como, escucho que alguien baja las escaleras.

Oh, dioses del hambre, por favor que no sea él.

Los dioses no están a mi favor, un Matthew sin camisa está en la cocina buscando qué comer, parece un poco desesperado por no encontrar nada preparado.

Oh, Matthew.

— ¿Quieres que te prepare algo? — Me ofrezco y él se sorprende porque he roto el hielo.

—No tienes que hacerlo, mariposa, gracias. —Contesta tajante y me da de nuevo la espalda.

—Como quieras—Acerco mi plato sucio al lavado, cerca de él.

Mi presencia tan cerca no parece incomodarle tanto como a mí, de hecho estoy que me muero de los nervios, mi nariz empieza a hacer movimientos extraños.

Matthew me arrebata el plato de las manos haciéndolo a un lado del lavado, y me toma del rostro con sus manos obligándome a verlo.

No le tengo miedo.

No estoy temblando.

Estoy furiosa con él por haberme rechazado.

Sus ojos color ceniza están vulnerables, parece abatido y ahora es él el que aguanta la respiración.

—Respira—susurro y le quito sus manos de mi rostro, él no dice nada y me deja ir. Me mantengo fuerte pero mi corazón late muy rápido como si estuviera a punto de morir por él.

Me siento orgullosa de mi osadía hace uno segundos.

Mientras estoy en mi habitación a la media noche un fuerte escalofrió me despierta. Por un momento me siento demasiado sola en esta gran habitación. Pienso en mi madre y en todas las noches que me leía antes de dormir y sellaba con un beso en mi frente.

—*Te amo, recuérdalo siempre, Elena.* —Era su firma antes de apagar la luz.

Me sobresalto cuando escucho que alguien cae cerca de mi puerta, me levanto de la cama y camino hacia ella. Pongo la mano en la manilla con mucho temor y ruego para mis adentros no encontrar a Matthew con una chica.

Abro la puerta y la luz de mi habitación ilumina parte de él que ha caído de espalda tras abrirla.

— ¡Matthew! —chillo tratando de ayudarlo, coloco su brazo encima de mi hombro para ayudarlo a mantenerse de pie.

—Elena—musita sonriendo.

—Matthew, ayúdame a llevarte a tu habitación, por favor.

—No quiero ir a mi habitación, mariposa. —Responde con dificultad.

—Morirás de un coma etílico, por favor, déjame ayudarte, Matthew. —le digo desesperada, es la segunda vez que lo veo en este estado. Me parte el corazón que no valore su vida.

—A la muerte se le toma de frente con valor y después se le invita a una copa.[32]

Oh, un poeta ebrio.

---

[32] Poema Edgar Allan Poe.

—Matthew, no voy a dejarte aquí, tienes que ir al baño y vomitar todo el alcohol.

No puedo con el peso de su cuerpo por mucho tiempo, parece que Joe no está en casa porque no ha salido de su habitación con el escándalo que Matthew está provocando. El único baño que está cerca es el de mi habitación. Respiro hondo y lo llevo hasta ahí.

Entramos al baño, mojo una toalla húmeda y la paso por su hermoso rostro, sus ojos color ceniza buscan los míos pero hay un reflejo de vergüenza en ellos, es la segunda vez que lo veo tan vulnerable.

—No merezco que seas dulce conmigo, soy la perdición en carne y hueso. —musita mientras yace en el suelo del baño.

—No eres nada de eso, has sido compasivo conmigo, Matthew, la compasión es una característica muy humana.

Hace una mueca. — ¿Quieres vomitar? —Pregunto alejándome de él.

Dice que no con la cabeza. Y se mete a mi ducha, bueno, *su* ducha.

~Ɛ273~

Lo dejo un momento ahí y me tomo el atrevimiento de ir a su habitación por algo de ropa. Cuando enciendo la luz me llevo una gran sorpresa, es una habitación hermosa, su cama es grande con una cabecera de cuero, me sorprendo más por el cuadro que está arriba del mismo. Unos ojos oscuros y un plumaje negro.

El cuervo.

Conozco ese poema pero no había visto un lienzo que lo pintara tan real, sus ojos me siguen por la habitación, es espeluznante pero a la vez me enamora esa mirada oscura. Es igual a la de Matthew.

En la habitación puedo ver que hay más cuadros y un gran librero, me gustaría quedarme un poco más pero luego recuerdo a lo que vine, así que camino hasta su closet y busco ropa limpia para él, saco un par de pantalones y una camisa de algodón. Regreso a mi habitación y todavía escucho el grifo del agua. Lo llamo a la puerta pero no contesta.

— ¿Matthew, puedo pasar?

No responde, y temo a que esté ahogándose en la bañera o peor que se haya desmayado o ahogado en su propio vomito.

Entro al baño y él está bajo el agua en ropa interior. Miro el agua correr por su hermoso cuerpo definido, el ojo detrás de su espalda me mira con recelo. Le murmuro un par de cosas y dejo la ropa sobre el lavado. Bajo a la cocina por un poco de agua y cuando regreso ya no escucho el grifo.

Pongo el vaso sobre la mesa y me siento en la orilla de la cama a esperar que salga. Escucho cómo lucha por ponerse la ropa y una parte de mí quiere reír a carcajadas por ello.

Al fin sale del baño vistiendo únicamente el pantalón de algodón, tiene un aspecto diferente, su mirada se encuentra con la mía y mi nariz empieza a moverse al igual que mis manos empiezan a jugar entre ellas.

Sigue tambaleándose un poco, le ofrezco el vaso con agua pero no puede sostenerlo así que lo hago por él, lo siento sobre mi cama y le doy de beber un largo sorbo. El toca mi mano y suspiro para mis adentros. Sentir su tacto de nuevo es algo maravilloso a pesar de su fría mirada.

—Te llevaré a tu habitación, ¿Puedes caminar? — pregunto nerviosa.

—Dormiré aquí, me gusta cómo huele tu habitación.

¿Ah?

—Entonces dormiré en la habitación de invitados. —Suelto nerviosa.

—Esa es la habitación del *sexo*—dice entre risas, lo que me parece raro y a la vez asqueroso, pensé que las llevaba a su habitación.

—Entonces dormiré en la sala— Me niego a dormir con él.

De pronto unas frías manos toman de mi brazo y me tumba sobre la cama junto a él.

— ¿Qué estás haciendo? — Protesto nerviosa. Está casi desnudo y recién duchado sobre mi cama, siento su cuerpo junto al mío y algo palpitante está saludando mi pierna.

¡WOW!

Oh, dioses de la compasión, que se duerma rápido.

—Duerme conmigo, mariposa—Ruega con cada palabra.

No puedo ir a ningún lugar, me tiene agarrada con sus fuertes y musculosos brazos. Huele a lavanda y eso me hace sonreír para mis adentros al imaginarme que un Matthew sobrio jamás se bañaría con gel de mujer.

—Mi dulce mariposa—susurra—Mi dulce Elena.

Tiene los ojos cerrados y su respiración está normal pero su corazón late fuerte y juro que puedo escucharlo. Lucha contra el mío, es como una guerra de latidos.

—Me gusta tu cuadro, el cuervo—digo entablando una conversación. — ¿De quién es?

—Es de *Gustave Doré.*

—Es un cuadro hermoso.

—Tú eres hermosa.

Oh, Matthew.

—No lo soy—Le llevo la contraría por su comentario, quizás soy hermosa por fuera, pero por dentro me siento marchita y una mariposa sin alas.

— ¿Matthew?

— ¿Sí?

—No vuelvas a tomar así.

—*Nunca más.*[33]

Besa mis nudillos y coloca mi mano sobre su pecho desnudo. Miro su cómo sube y baja con normalidad, es el movimiento más perfecto y preciso a la luz de la luna. Matthew Reed está durmiendo conmigo.

Ebrio.

Vulnerable.

Definitivamente mi perdición.

---

[33] La única respuesta del cuervo es: «Nunca más» en el poema.

~283~

Desperté y Matthew seguía durmiendo a mi lado, su fuerte agarre estaba haciendo que me empezara a doler el estómago. Tomé su brazo y lo quité de mi estómago con mucho cuidado para no despertarlo y salí de la cama. Eran las seis de la mañana y a las ocho sería mi primera clase.

Bonita noche de desvelo antes de mi primer día de clases en la universidad.

Bajo al jardín a tomar aire fresco, la mañana está un poco fría, tengo una sonrisa estúpida en mi rostro al recordar cómo y con quién he dormido.

En brazos del chico de la mirada color ceniza.

Escucho que alguien baja las escaleras a toda prisa y maldice en voz alta. Una fuerte voz estalla en mis oídos aún soñolientos.

— ¿¡Se puede saber qué carajos hacía en tu cama!? —Gruñe Matthew fulminándome con la mirada.

¿Qué digo?

¿Estabas borracho y te metiste en mi cama?

¿Me pediste que pasara la noche contigo?

— ¡Responde, maldita sea! —grita llevando las manos a su cabeza.

Mala idea, chico. La borrachera de anoche te está cobrando factura.

— ¡No me grites! —Ataco —Estabas borracho y te ayudé.

— ¿¡Ayudarme!? ¿¡Metiéndome en tu cama!?

Eso dolió.

¡Maldito imbécil!

¡Maldito estúpido borracho!

¡Maldito estúpido, imbécil, borracho!

—No te metí a mi cama, Matthew— Tiembla mi voz por su ataque.

— ¿Nosotros?... —lo interrumpo para aliviar su tención, parece que para él es un castigo del infierno dormir con alguien como yo.

—No te preocupes, Matthew, si me hubiera acostado contigo, habrías despertado en tu habitación de *sexo.*

Mi comentario lo ha avergonzado y se ha dado cuenta de su error. Antes de que diga algo lo dejo solo y regreso a mi habitación.

¿Él no recuerda nada de lo de anoche?

No recuerda cómo me rogó para que me quedara con él.

Me llamó *dulce mariposa*, pero lo que más duele es que no recuerde haber exclamado mi nombre, el nombre que había dejado atrás porque sólo mi madre me llamaba de esa manera y ella ya no estaba conmigo.

Se me llenan los ojos de lágrimas, su rechazo y falta de memoria han matado mi corazón. Y de pronto cuando pienso que nada puede ser más doloroso de nuevo para que me haga llorar. Está Matthew Reed.

El chico del polígono del infierno.

Lloro.

Estoy llorando a cantaros por su culpa, me duele demasiado, solamente lloro dormida y por alguna estúpida razón él ha tocado una parte sensible de mí y me ha hecho estallar en llanto.

Te odio, Matthew.

Limpio mis lágrimas resentida y me meto a la ducha, es el primer día de clases, y no voy a permitir que Matthew lo estropee. Es un idiota poético empedernido, y yo una estudiante de historia que es rechazada por ése mismo idiota poético empedernido.

Me pongo mis vaqueros oscuros y ajustados, una blusa de tirantes color negro ajustada y una chaqueta color blanco con mis zapatos de tacón negro. Peino y aliso mi cabellera, me maquillo y pongo perfume en todo mi cuerpo.

Tengo que sentirme y verme bien el primer día de clase.

Bajo a desayunar, todavía es un poco temprano. En la cocina me encuentro a Joe desayunando sobre la isla y detrás de mí Matthew me sigue. Viste formal con su pantalón oscuro y camisa de botones blanca que hacen resaltar sus grandes bíceps, maldigo para mis adentros por lo bien que se mira.

¿Va a estudiar o trabajar?

Empujo esa interrogante a la basura, nada de lo que él haga o deje de hacer me importa en absoluto.

—Buenos días, Belle—Saluda Joe.

—Buenos días, Joe.

—No te ves alegre por ser el primer día de clases —Juzga tomando su taza de café.

Lo extingo con la mirada para que no haga ninguna pregunta en presencia de su amigo. Bebo una taza de café negro para despertar un poco y salir del inframundo de Matthew Reed. Mi teléfono empieza a bailar sobre la mesa, la mirada de Joe y Matthew lo ven enseguida y se dan cuenta de quién se trata.

—Buenos días, David. —Sonrío y Joe pone los ojos en blanco.

—Belle, quería saber si quieres que pase por ti para ir juntos a la universidad.

Matthew disimula su disgusto pero lo delataba su cejo fruncido al verme sonreír y hablar con David, o en su boca, el *buitre.* No me considero una persona vengativa, pero tengo que hacerle saber que en su pequeño mundo sombrío él no es el único chico atractivo que pueda gustarme.

¿He dicho «gustar»?

Oh, Isabelle.

—Por supuesto, David, estaré encantada de que pases por mí—Busco los ojos cenizos y su dueño tira la taza de café al lavado y sube escalera arriba.

— ¿Qué demonios pasa con él? —murmura Joe viendo su actitud. Me encojo de hombros y espero por David.

La universidad era diferente a la anterior, más grande y limpia, la primera clase era de *lingüística poética*. David y yo nos sorprendimos al darnos cuenta que la llevaríamos juntos. Estaba muy feliz de tener a mi amigo conmigo en una universidad tan grande. Los horarios de Ana no coinciden con los míos pero sí con los de Joe, así que nos veríamos a la hora de almuerzo.

Al entrar al salón buscamos los asientos del medio, no me gustaba estar en los asientos de atrás porque mi visión no es tan buena y tampoco tan cerca ya que algunos profesores se emocionan mucho con sus relatos y bautizan con baba a los alumnos.

Mientras esperábamos que la profesora Smith de poética llegara, me coloqué las gafas y leía mi horario, Joe pasaba su brazo por encima de mi hombro y susurraba cosas a mi oído, lo reprendí por su conducta antes de que llegara la profesora y nos mandara a detención por *demostración excesiva* de afecto, según la normativa.

Mi mente paseaba en mi madre y sonreía al recordarla cuando compartía conmigo su experiencia en la universidad.

Mientras pensaba en ello la directora académica, la Sra. Cox, da la bienvenida a los nuevos transferidos.

—Es una pena que la profesora Smith no pueda estar con nosotros esta semana, pero en su lugar dejó a uno de sus alumnos graduados este año y también realizará la tesis en poesía lingüística.

Hago garabatos en mi cuaderno mientras escucho a la directora académica dar el sermón de bienvenida y comparte que la profesora Smith, es una de las mejores profesoras de literatura en historia y poesía del campus.

—Buenos días, mi nombre es Matthew Reed y estaré cubriendo a la profesora Smith durante la semana.

¡¡Qué!!

Dioses de los transferidos, que hayan más de un Matthew Reed en el mundo.

Levanto la mirada hacia enfrente y un par de ojos cenizos se encuentran con los míos. Matthew Reed, el chico de los ojos ceniza, mi compañero de casa, el *halcón* del infierno, es estudiante de Literatura.

¡¡Demonios!!

¡De todos los alumnos tiene que ser él!

Precisamente él tiene que ser uno de los mejores alumnos de poesía en la universidad y un futuro profesional.

¡Maldito seas, Matthew Reed!

Ahora entiendo.

Ƹ293Ʒ

Me tenso y David se da cuenta de mi expresión, seguramente él sabía que Matthew es estudiante en la universidad, ni siquiera yo lo había imaginado, pensé que era un vago mantenido o un delincuente en ascenso, pero un estudiante distinguido *¡Jamás!*

Ahora entiendo su intelecto con la historia y la poesía. Por supuesto, he juzgado mal a Matthew y me siento un poco apenada al respecto.

¿Por qué tiene ese estilo de vida tan diferente a su aptitud profesional?

Me sonríe en complicidad.

—Para empezar, quisiera conocerlos un poco, empezaremos con los de arriba— Ahora es amable— Por favor, su nombre y carrera.

Oh, ayúdame santo de los estudiantes.

Continúo haciendo garabatos en mi nueva libreta y David tararea una canción mientras llega nuestro turno de presentarnos. Lo ha hecho adrede, él no es tan simpático después de todo, al menos no conmigo y ahora parece un *profesor* amigable a pesar de que es un alumno de último año.

Un futuro profesor muy... muy sexy.

La voz de David me saca de mi estúpida imaginación.

—David Henderson, estudiante de *filosofía*[34]

Matthew asiente y me arquea una ceja como si no me conociera.

Engreído mentecato de la poesía.

Resoplo para mis adentros y obligo a abrir mi boca: —Elena Jones, estudiante de *historia.*[35]

—Bienvenida a Chicago, Elena, tengo entendido que eres una de las transferidas becadas este año.

¿Cómo demonios sabe eso?

—Así es. Estudiaba en Washington.

Él pretende jugar a lo desconocido estoy más que dispuesta para contraatacar y seguir su juego.

—Bienvenida—Inclina su cabeza como reverencia. Es como ver al Matthew en

---

[34] Estudia los conceptos básicos, teorías, lenguajes y métodos filosóficos.

[35] Estudia los conceptos mundiales, teorías y métodos en la historia literaria.

papel de profesor en estos momentos, me pregunto si las personas de aquí saben de su estilo de vida.

Digo que no para mis adentros y sigo garabateando en mi libreta.

Él maldito me hacía sentir nerviosa e incómoda, me retorcía en mi asiento como si tuviese ganas de ir al baño. David me hacía muecas para preguntarme si estaba bien a lo que disimuladamente asentía.

—Vamos a empezar la clase recordando a los grandes poetas de la historia, pero en particular a uno de ellos. La profesora Smith me dio la libertad de indagar en él y dentro del mismo hay otros escritores, uno de ellos dijo que era *«Uno de los grandes poetas de este siglo»* ¿Alguien sabe quién lo dijo? —Pregunta viendo a todo el salón. Miro a mi alrededor y todos parecen confusos e intimidados por un estudiante seductor con mirada desafiante.

Respiro profundo y alzo mi mano.

—Señorita Jones—me da la palabra.

— *Charles Baudelaire*, catalogó a *Edgar Allan Poe* como uno de los grandes poetas del siglo.

—Así es, *Edgar Allan Poe,* —Me sonríe y continúa: — Nació en Boston, EEUU, el 19 de enero de 1809, fue un escritor, poeta, crítico y periodista romántico estadounidense, generalmente reconocido como uno de los maestros universales del relato corto y renovador de la novela gótica, recordado especialmente por sus cuentos de terror. *Mark Twain* dijo: «*Su prosa me parece tan ilegible como la de Jane Austen*[36]» *Poe* ha sido y será uno de los escritores más enigmáticos que ha habido. En su libro de cuentos se pueden apreciar distintas facetas de este hombre, pasando desde su exaltación del yo hasta el amor sin interés, en el que se da todo para él y nada para uno.

Me atrapa.

¡Demonios me ha atrapado!

Habla con pasión y orgullo por lo que hace. Defiende el legado de *Poe,* definitivamente tiene que ser su poeta favorito, su tatuaje, el cuadro, sus poemas y ahora su exposición de la vida de su ídolo lo hace ver una persona totalmente diferente. Él ya es grande pero algo en mi interior me dice que todavía no se da cuenta de ello.

---

[36] Escritora del libro *"Orgullo y prejuicio"*.

— A lo largo de la semana intentaré ubicar la causa de su enigmática forma de escribir, para así comprender más el sentido de sus historias y qué quería demostrar con ellas.

Una imagen *Poe* aparece en la pantalla.

"El hombre es un organismo muy complejo con una capacidad enorme de adaptación, es un elemento activo en su propio desarrollo, un organismo al mismo tiempo controlado y controlador"

—A muy temprana edad *Poe* tuvo que enfrentarse a una realidad en la que se reflejaba la muerte de sus padres y la tan repentina adopción que sufrió, teniendo que acostumbrarse a un medio de vida diferente; a una nueva sociedad de la cual tenía que distinguir lo bueno y lo malo. Estaba siempre en constante movimiento, viajaba mucho con sus padres adoptivos; pero nunca sufrió de carencias económicas como afectivas; se acostumbró a una sociedad en la que la crítica y las creencias religiosas predominaban.

Otra imagen de *Poe* aparece en blanco y negro.

—Viniendo de una familia de actores él no sabía nada sobre política, y tampoco le interesaba—Hizo una mueca y continúo: —lo cual sostuvo problemas con su padre adoptivo; desde ahí comienza a tener un desarrollo mental y social más maduro. No tenía apoyo de su padre y su madre adoptiva fallece, comenzando desde entonces con una conducta rara e incomprensible. Dicho esto hagamos la siguiente interrogante: ¿Es posible que un niño que pierda a sus padres siendo tan joven desarrolle una conducta poética oscura?

Me mira con prejuicio y siento incomodidad en su mirada. Su interrogante me ha sorprendido tanto que David aclara su garganta.

—A su edad, entre 5 o 6 años, *Poe* se supone que debería de llevar una infancia llena de sueños, ilusiones y sin ninguna preocupación, lo cual no es así; se saltó esa etapa importante de juegos que a la larga en un tiempo le proporciona satisfacción, pero trae como consecuencia errores irremediables. — Sus últimas palabras fueron subrayadas con mucha empatía.

— *Poe* tiene una mentalidad interesante: «*Mira al mundo no como debe ser sino como cada uno quiere que sea*» en su muy particular forma de vida. *Poe* no acepta el mundo próximo, despreció su ambiente y se apresuró hasta lo metafísico y lo dogmático. No llamaban su atención los políticos ni los hombres de empresa, ni los científicos contemporáneos. Vivía para la literatura, sin más.

Tú eres así en el interior, pienso.

—Pero en sí ¿Qué impulsa a *Poe* a escribir? Como ya les mencioné anteriormente, él llevó una infancia muy acelerada en este caso *Freud* dice: «*La formación de la mente es entonces relativamente tardía en el desarrollo del niño y requiere tanto una previa y apreciable discriminación entro yo y no yo, como una relativa emancipación de las cosas*»

Un joven levanta la mano— ¿Por qué no hay más como él? todos en la vida han sufrido más de algún trauma en su infancia y no precisamente son poetas góticos como *Poe*.

—Buen punto, pero *Poe* fue la primera figura nacional, para verdadera sorpresa de quienes buscaban una renovación radical de este arte; *Poe* se aisló del espíritu tradicional de los Estados Unidos, guiado en esos días por el entusiasmo patriótico y optimista. Motivos empleados por sus antecesores, como el amor, la rebelión, la nacionalidad, entre otros, fueron ajenos a su literatura.

El joven asiente satisfecho por su respuesta y Matthew continúa:

—En conclusión creo que la forma de escribir que tanto ha identificado a *Edgar* es el simple reflejo de lo dura que fue su vida, su sufrimiento es nuestro placer lector. Ahora que ya conocemos un poco la vida de *Poe* entenderemos mejor su poesía de ahora en adelante y para terminar la clase quiero dejarlos con uno de sus muchos escritos:

"No espero ni pido que alguien crea en el extraño aunque simple relato que me dispongo a escribir. Loco estaría si lo esperara, cuando mis sentidos rechazan su propia evidencia. Pero no estoy loco y sé muy bien que esto no es un sueño."[37]

[37] Poema «El Gato Negro» E. A. Poe.

~Ƹ303Ʒ~

Varios suspiros se escucharon en todo el salón. Se acercó al escritorio y amontonó unos papeles. Yo estaba en otra dimensión, escucharlo hablar así me hacía admirar una gran parte de él. Una parte que jamás me había imaginado de alguien.

Matthew Reed, nunca dejas de impresionarme.

—El famoso *halcón* parece un poeta resentido—Critica David, su comentario me parece fuera de lugar.

—Ha sido una clase interesante—Intento defender la posición de Matthew.

—Te veré después, Belle, tengo que hacer una llamada—Besa mi mejilla y sale corriendo del salón.

Eso fue extraño.

Todo el salón está vació y soy la única que permanece ordenando mis apuntes. Cuando camino hacia la puerta Matthew viene detrás de mí.

Pongo la mano en la manilla de la puerta y la abro, pero entonces él la empuja para impedir que salga y la cierra de nuevo.

— ¿Podemos hablar, mariposa? —musita tocando mi cadera.

¡Dios!

—Pensé que me llamaba Elena. —Lo sé, soy una idiota.

—Para mí eres las dos cosas—susurra más cerca.

Me giro para verlo y me encuentro con sus ojos de nuevo, sé que son ellos los que me hacen perder el control y cuando lo tengo tan cerca sólo quiero que haga una cosa, besarme.

Pero ya he perdido las esperanzas. Estoy muy lejos del alcance de Matthew Reed. Cuando estoy tan cerca de él, no me siento una mariposa. Me siento como un insecto menos hermoso.

Lo veo con recelo, recuerdo sus palabras y todavía me duelen. Me gritó esta mañana y todavía puedo ver sus ojos llenos de pánico al imaginarse que entre él y yo pasó algo.

—Lo siento—Dice cerrando sus ojos con dolor.

— ¿El qué sientes? —No estoy segura si sentía ser un idiota o un idiota ebrio con problemas de memoria.

—Por haberte gritado, pensé que tú y yo…

—Olvídalo, Matthew—Lo corto—Puedes estar tranquilo, entre tú y yo no hubo ni puede haber nada.

Ubica sus brazos por encima de mi cabeza, tendiéndome una pequeña cárcel con ellos. Suspiro con dificultad, mis ojos sólo buscan sus ojos y seguido de ellos sus labios.

Oh, sus labios carnosos.

— *Tú y yo, cómo arde mi corazón al reunir estas dos palabras.*

— ¿Eso es un poema? Pensaba que era el infierno el que ardía y que yo era una niña para querer arder eternamente en él. —Siento mis ojos humedecerse, me pican las manos por enterrarlas en su cabello marrón y estrellar mis labios con los suyos.

—Las mariposas viven en el paraíso, Elena.

—Siempre he vivido en el infierno, como tú. —Hablo con espina, la voz me tiembla. Matthew hace que mi mundo deje de girar cuando sus ojos se hunden con los míos.

—Entonces hagamos de este infierno nuestro paraíso.

Desliza su mano sobre mi cabello hasta llegar a mi cuello, entonces me trae hacia él y sin dudarlo presiona sus labios contra los míos. Permanezco inmóvil sin poder hacer nada.

Pero qué…

Ni siquiera cierro mis ojos

Tiene que ser un sueño.

No es un sueño. Dice una voz en mi interior.

Una fuerte electricidad recorre por todo mi cuerpo «Otra vez», entonces le doy bienvenida a su lengua dentro de mi boca. A su brazo alrededor de mi cintura, a mis manos en su pecho y acaricio la sensación de sus labios contra los míos.

Un beso cálido, húmedo, vehemente y lleno de amor, un beso que me haga temblar y llene de éxtasis todo mi cuerpo… Mi segundo primer beso.

ƸЗ13Ʒ

—Perdóname.

— ¿Por qué me pides perdón? —suelto un suspiro. Todavía no recupero el aliento por ese largo «*segundo primer beso*».

—Por ser un idiota contigo todo este tiempo.

—No puedes pedirme perdón cada vez que te comportes como un idiota, ¿Por qué tengo la leve sospecha que es la primera vez que te disculpas por serlo?

Sonríe y me da un leve beso.

—Eres demasiado dulce para mí.

—En ese caso, me alegro de traer dulzura a tu vida. —Le sonrió como una niña, pero hechizada por su embriagador aroma.

No hay marcha atrás, estaba en la puerta de su infierno, del que él me advirtió, pero también al que yo le dije que lo protegería de cualquier infierno que intentará acercarse a él.

Pero el miedo se apodera de mí, lo vi con esa chica, Olivia, y lo había escuchado hablar a él de una forma indiferente. Ana me ha advertido y el mismo Matthew también.

Salgo corriendo del salón sin decir más, él grita mi nombre detrás de mí pero lo ignoro por completo.

¿Qué está haciendo?

¿Por qué me ha besado?

Él no es nada de lo que yo quiero en mi vida, su estilo de vida, su forma de ser con las mujeres. *¡No! No puedo estar con alguien como él.*

Pero al salir corriendo ya extraño estar entre sus brazos de nuevo y sentir el calor de sus labios.

¿Por qué mi cuerpo y mi mente no lo rechazaron?

No siento pánico cuando él se acerca a mí.

Matthew no es él. Grita una voz en mi interior.

No, Matthew no es *él.* Pero la verdad es ¿Quién es Matthew Reed en realidad?

Salimos del salón, ambos llegamos tarde a nuestras siguientes clases, lo único que pude pensar o sentir era todavía sus labios contra los míos. No pude concentrarme. Mientras el Profesor Turner hablaba de la ciencia de la literatura yo pensaba en los labios carnosos de Matthew.

Me sonrojé un par de veces y respiré hondo. No era momento para pensar en el señor pecado.

Al terminar las clases iba a reunirme con los chicos para almorzar, Ana y Joe me habían mandado un mensaje para decirme el punto de reunión, pero entonces David me sorprendió pinchando mis costillas mientras mandaba un mensaje en respuesta.

— ¿Qué tal tu primer día? —Pregunta colocando un mechón de mi cabello detrás de mi oreja. Me siento incómoda, después de lo que acaba de pasar y no sé en qué posición estoy con David.

—Ha sido…—pienso en los besos de Matthew—Embriagador ¿Y el tuyo?

— ¿Embriagador? —Esa fue una pregunta retórica de su parte—Son mis últimas clases, han sido un poco… aburridas.

La llamada que hizo fue un poco extraña, él jamás me dejaría sola, pero si él no se hubiera ido, Matthew y yo no… bueno.

— ¿Quieres que vayamos a comer? —Se acerca para darme un beso, pero lo detengo.

—Ana y Joe, me están esperando. —Contesto apretando mis manos.

— ¿Estás rara? —Señala con el ceño fruncido.

—No lo estoy—me defiendo—Tú estás un poco sobresaltado después de la llamada.

Él aclara su garganta nervioso, sé que me está ocultando algo.

—Belle, te prometí que cambiaría— ¿Por qué está sacando ese tema? Tiene algo que ver con su llamada seguramente.

—Confío en ti, pero tu lenguaje corporal indica que esa llamada era...

— ¡Te equivocas! —Gruñe, haciéndome sacudir.

—Bien, tengo que irme, David. —le doy la espalda pero me toma del brazo un poco fuerte y me quejo en voz alta.

— ¡Lo siento, Belle!

— ¿Pasa algo? —dice Matthew apareciendo detrás de mí.

Una parte de mí se descongela después de escuchar su voz. David está actuando raro, quizás son síntomas de abstinencia, pero no estoy tan segura. Tiembla pero no por ansiedad, es de furia al ver a Matthew salir en mi defensa.

—Pero si es el *halcón* metiendo sus garras donde no lo han llamado—Reta David, una muy mala idea.

—David—lo reprendo —Ve a casa, te veré ahí cuando vaya por las tutorías.

— ¿Tutorías? —Pregunta asqueado: — ¿Así le llamas ahora? —Hay mucha ira en su mirada. No quiero romper su corazón, pero su forma de actuar no es la más racional de todas.

—Vigila tu lenguaje, *niño rico*—Me giro para ver a Matthew tiene sus puños apretados y sus nudillos blancos. Lo fulmino con la mirada para que no intervenga. Es algo entre David y yo y él jamás lo entendería.

David tiene la mirada perdida, mira sus zapatos y tiene las manos metidas en los bolsillos, su pecho sube y baja de manera rápida. Odio verlo así.

— ¿David? —Me acerco y coloco mi mano en su brazo.

Él me mira con el ceño fruncido, sé que está enfadado también conmigo.

—Lo que tú digas, Belle. — Y se va sin decir más.

Me siento mal por él, no se merece mi rechazo pero tampoco que lo engañe prometiéndole amor.

—No voy a consentir la manera en cómo te trata—dice Matthew tomando mi rostro con sus manos—voy a partirle la cara de niño rico la próxima vez que te toque y te grite. —Me advierte y sé que habla en serio.

—David no es así. No es su culpa.

—El *buitre* culpa a su presa cuando no puede atraparla—refunfuña como si se tratara de una competencia de ave rapiña. —Mariposa, prométeme que te cuidarás de él.

—De la única persona que tendría que cuidarme es de ti.

Eres el que está entrando a mi corazón sin ser invitado.

— ¿Por eso saliste corriendo?—Veo honestidad en sus ojos, por primera vez brillan sin recelo—Yo jamás haría algo para lastimarte.

—Lo siento—murmuro.

—Te disculpas demasiado—Me toma de la mano—Los chicos nos están esperando.

Llegamos al restaurante y suelto la mano de Matthew, no somos una pareja ¿O sí?

— ¿Te avergüenzas de que te vean conmigo? —Mi reacción lo ha ofendido.

—No, pero ahora mismo todavía no sé en qué nivel está ese beso. —resoplo.

—En el nivel *cero*, mariposa—Toma de nuevo mi mano—Tú no perteneces a ese mundo.

Cuando nos acercamos a la mesa, dos pares de ojos se clavaron de nuevo en nuestras manos enlazadas, Ana se atragantó con su bebida y Joe le dio unas palmaditas en la espalda y me hizo un guiño en complicidad.

—Iré por nuestra comida, mariposa. —Besa mi coronilla.

Me siento con los chicos esperando los gritos de Ana.

— ¿Qué carajos significa eso, Belle? —chilla ésta abriendo sus grandes ojos verdes.

—Nada—respondo a secas. ¿Qué se suponía que debo decir? Ni yo misma lo sé.

— ¡Me lo prometiste, Joe! —Gruñe a su novio—Te dije que lo mantuvieras lejos de Belle.

—Un momento—Levantando mi mano:— Ustedes sabían que él vivía en esa casa y no me dijeron, tampoco se tomaron la molestia en decirme que era un sobresaliente en literatura. ¿Ahora por qué te sorprende verme tomada de la mano con él?

Su mirada se suaviza.

—Belle tiene razón, debimos ser más honestos con ella—Me sigue Joe.

—No significa nada, no hay nada entre él y yo—Es la verdad, no hay nada entre Matthew y yo, estoy segura que ese beso ha sido un... simple beso.

Quizás de disculpas, Pensé.

Matthew regresó con la comida, los chicos ya habían ordenado también. La verdad es que no tenía apetito, Ana me estaba advirtiendo pero no había sido muy honesta al respecto. Ella quería que tuviese novio pero al mismo tiempo no aprobaba a David. No entendía absolutamente nada de lo que mi mejor amiga quería para mí.

Había mucho silencio en la mesa y apenas tocaba mi ensalada, Matthew estaba comiendo más lento que lo normal, Joe y Ana estaban cambiando miradas entre sí.

—Mis padres me llamaron hoy—Dice Ana rompiendo el silencio.

— ¿Cómo están ellos? —Pregunto.

—Quieren que vayas pronto, necesitan verte.

—Lo sé, prometí que los visitaría. —Me encojo de hombros.

El rostro de Ana se torna tenso.

— Hay algo más, ¿Cierto? —Conozco esa mirada.

—Lo hablaremos después—baja la mirada hacia su comida.

—Lo hablaremos ahora mismo—contraataco. Sé cómo termina la conversación cuando Ariana Cooper la evade.

—Parece que tu… —Hace una mueca y se retracta: —el Sr. Jones quiere verte.

No me sorprende que mi padre quisiera verme, ha pasado tanto tiempo pero todavía no estoy lista para verlo.

—De ninguna manera—Respondo rápido llevándome a la boca un trozo de lechuga.

No me había dado cuenta, pero estaba sosteniendo la mano de Matthew debajo de la mesa con mucha fuerza.

—Es mejor que vayas y se los digas a ellos, estás en todo tu derecho, Belle.

Murmuro un par de cosas sin sentido. Matthew suelta mi mano y pasa su brazo detrás de mi espalda y por arte de magia me siento más relajada.

Después de que todos terminaran de comer, menos yo. Joe y Ana estaban haciendo planes para salir, pero yo estaba indispuesta y además tenía que ir a casa de los Henderson.

—Tengo que irme a casa de los Henderson. —Digo levantándome de la mesa.

—Yo te llevaré—Matthew se pone de pie y me sigue.

—No, gracias—Muevo mi nariz y miro hacia otra dirección que no sean sus sensuales ojos grises.

—Mariposa, no fue una pregunta, es un hecho.

Joe contiene una sonrisa en complicidad y Ana deja caer los hombros dándose por vencida.

Salimos del restaurante y abre la puerta del auto para mí, algo tan sencillo lo hacía ver tan diferente a como me lo imaginaba. Da marcha al auto y pone un poco de música para romper el silencio.

Wish you were here de *Pink Floyd* suena y mi mundo comienza a girar de Nuevo.

So, So You Think You Can Tell

Heaven From Hell

Blue Skies From Pain.

Así Que Crees Que Sabes Distinguir

El Cielo Del Infierno

El Cielo Azul Del Dolor.

Ƹ323Ʒ

—Me gusta esa canción —suspiro relajándome en el asiento.

—Me alegro que te guste. —Sostiene mi mano y besa mis nudillos

Oh, Matthew.

— ¿Por qué eres tan bueno conmigo ahora?

—A veces puedo ser malo—Puedo ver dolor detrás de esas palabras.

—No me refería a eso, todos somos malos más de alguna vez en nuestra vida.

—Tú no podrías serlo aunque lo intentaras, mariposa, eres demasiado buena para vivir en este mundo.

— ¿Y tú no? —Y antes de que responda: *—Todo lo que vemos o parecemos es solamente un sueño dentro de un sueño.*[38]

Sonríe y estoy empezando obsesionarme con esa sonrisa de niño.

—Citas a *Poe* mejor que yo. —Besa de nuevo mis nudillos.

---

[38] Poema «Un Sueño dentro de un Sueño.» E. A. Poe.

—Tú eres increíble, debo pedirte disculpas, pensé que eras un mantenido o un vago. —Mi honestidad hace que ría a carcajadas.

— ¿Ah, sí? —Frunce el cejo en curiosidad.

—Sí, jamás lo imaginé, pocas cosas me sorprenden en la vida y tú definitivamente te estás llevando el primer lugar.

—Entonces, prometo seguir sorprendiéndote, mariposa.

Me gusta este Matthew Reed. Definitivamente hay mucho por conocer del maravilloso chico.

¿He dicho maravilloso?

— ¿Quién era ese chico que te estaba molesto afuera del restaurante la primera vez que te vi?

— ¿Primera vez? —Sabe que fue en el polígono cuando nos vimos por primera vez.

—La primera vez que pude apreciarte bien, fue esa—Muerde su labio inferior.

Pongo los ojos en blanco. —Es... mi ex novio.

Frunce el ceño. —Espero que no se vuelva a acercar a ti, si no tendré que enseñarle de nuevo buenos modales.

— ¿Eres celoso o posesivo? —pregunto:
— O simplemente un psicópata que le gusta repartir golpes. —Concluyo al final.

—Elena, soy celoso y posesivo—Admite y continúa: —Cuando algo me pertenece, lo cuido más que a mi vida, pasaré encima de quién sea.

—No sabía que alguien como tú fuera posesivo, aquella noche llamaste a esa chica... *Un polvo más*—Musito lo último y me ruborizo de la vergüenza al pronunciar en voz alta esa palabra.

—Es verdad, lamento que lo hayas escuchado.

— ¿Entonces por qué te consideras celoso o que algo te pertenezca?

—Lo soy, jamás he querido tanto algo y luchar por ello para que me pertenezca, pero cuando ese día llegué—me ve por un instante—lo cuidaré más que a mi vida. Créeme.

Te creo. Escucho una voz en mi interior.

Le indiqué la dirección de la casa de los Henderson, y pensé que quizás él no quería ser sólo amable en traerme, era más bien conocer la casa de David, «*buitre*» en su lenguaje tirano.

Estaciona enfrente de la casa y su mirada es seria.

—Gracias por traerme.

—No hagas eso—Ordena.

— ¿No haga el qué? —Ahora soy yo la que arruga el entrecejo.

—No hagas ese movimiento con tu nariz, me vuelve loco.

Oh, demonios.

—Lo siento. —Me ruborizo por su comentario. *Volverlo loco* no es precisamente lo que quiero.

—Mariposa, te disculpas demasiado, imploras y también te ruborizas con facilidad.

—Eres el primero que me dice esas cosas.

—Me alegro por ello, estoy seguro de que hay más cosas por descubrir.

Oh, dioses de la miel, por favor que no siga hablándome de esa manera.

Se inclina y besa mis labios muy despacio.

—No puedes hacer eso—susurro con los ojos cerrados—ni siquiera somos amigos.

—Entre un hombre y una mujer la amistad es tan solo una pasarela que conduce al amor. —Abro los ojos y él me sonríe.

Ahí estaba esa sonrisa de nuevo acompañada de su mirada ceniza.

—No me vas a conquistar recitando poemas todo el tiempo, Matthew.

—Oh, Elena, La belleza es el único estado legítimo del poema.

Me sonrojo y pongo los ojos en blanco. Bajo del auto y espera hasta que esté dentro de la casa. No sólo es un poeta también es un poco controlador.

Mike y Katie estaban en el despacho haciendo tareas, revisé algunas asignaciones y corregí otras. Empezábamos la clase de historia en la humanidad cuando David entró sorprendiéndome con una flor.

—Gracias. —Acepto la flor y la llevo a mi nariz para sentir su aroma.

—Soy un idiota, lo sé. —dice avergonzado por su actitud esta tarde en la universidad.

—No eres un idiota, David.

— ¡Sí que lo es! —chilla su hermano Mike.

David le da un coscorrón y todos reímos.

Después de terminar las tutorías, David me sorprende en la cocina.

—He preparado un poco de café—dice poniendo una taza de café enfrente de mí.

Fuimos a la sala y nos sentamos un momento, él me miraba con los mismos ojos de amor y sonrisa de niño enamorado.

— ¿Qué ocurre contigo y el *halcón*? —Suelta y su sonrisa se desvanece por una mirada fría y celosa.

—Se llama Matthew y no pasa nada, somos amigos, así como tú yo.

—Él es un idiota, Belle, espero que no intente jugar contigo, te mereces algo mejor.

—No tienes que preocuparte por mí, David.

—Me preocupo, porque me importas más de lo que te puedas imaginar.

—No hagas esto—niego con la cabeza y él se acerca quitándome la taza de las manos y besando mis nudillos.

—Soy tu amigo ahora, pero espero algún día demostrarte que soy el indicado para ti.

Oh, David.

—Lo que sientes por mí no es amor, soy tu amiga, la que ha estado ahí siempre para ti, te sientes en deuda conmigo.

—Ojalá sientas lo mismo que siento yo, para que me puedas explicar si esto es amor.

—Ojala supiera cómo. —Se me encoge el corazón.

—Soy tu amigo, no soy un maldito egoísta y no quiero perderte del todo, espero ganarme tu confianza, estaré aquí para ti, no te presionaré más ni intentaré besarte, Belle.

—Gracias.

—La persona que se gané tu corazón será un maldito afortunado y espero que no te lastime porque seré el primero en ir a arrancarle el corazón.

Hago una mueca, hoy he escuchado todo tipo de amenazas.

—Eso no pasará. No hay nadie y cuando lo haya tú serás el primero en saberlo.

Resopla y suelta mis manos.

—La llamada de hoy me alteró mucho y me descargué contigo, lo siento.

— ¿Qué fue lo que pasó? — Me tenso esperando lo peor.

—Eran unos amigos—sonríe en ironía: — viejos amigos, querían reunirse y... ya sabes, les he dicho que estoy sobrio y se han enfadado diciéndome muchas cosas, me sacaron en cara mi pasado y...

— ¿Qué pasado? —lo interrumpo tomando su mano nuevamente.

— Hay un pasado que no querrás saber, es un mundo que espero nunca seas parte de él.

El polígono del infierno. Dijo una voz en mi cabeza.

ℇ333

— ¿Tiene algo que ver con el polígono?

— ¿Qué sabes del polígono? —Se tensa frunciendo el ceño.

—Sólo he visto jugar, nadie me ha dicho qué hay en los otros niveles.

—Espero que nunca lo sepas y es mejor que no vayas a ese lugar.

La tensión en su voz afirmaba que esos niveles de los cuales nadie quería decirme de qué se trataba, eran en sus propias palabras *otro mundo*, él lo decía, y Matthew también lo dijo. Pero Matthew era el propietario junto con Joe.

¿Cómo era posible ser el propietario de algo que tanto les desagradaba?

Al llegar a casa me di cuenta que no había nadie, me fui directo a mi habitación a darme una ducha y después bajé a la cocina a preparar algo para la cena. Pensaba en la declaración de David y me sorprendió que aceptaba que sólo seríamos amigos, era mejor de esa forma, ya estaba demasiado confundida para que David sufriera por mi culpa y mi mente vaga.

Llamé a los Cooper y les aseguré de que iría a visitarlos al día siguiente.

Mientras estaba en la cocina puse un poco de música para no sentir la soledad y el silencio de la casa.

You could be happy de *Snow Patrol* me hacían tararear mientras preparaba macarrones con queso.

You could be happy

I hope you are

You made me happier

Than I'd been by far.

Podrías ser feliz

Y espero que lo seas

Me has hecho más feliz de lo que había sido.

Unas manos me rodean la cintura y empieza a moverse detrás de mí. El aroma embriagador penetra mis fosas nasales, sonrío y levanto la mirada y lo veo por encima de mi hombro, Matthew besa la punta de mi nariz y sigue moviéndose al ritmo de la canción.

—Es bueno llegar a casa y ver cómo te mueves en la cocina—Dice con voz ronca.

—Eres un amigo muy detallista—me burlo.

Me gira para verlo de frente y se me corta la respiración.

¿Tengo que acostumbrarme también a esto?

—Respira—susurra cerca de mis labios, me quita la espátula de las manos y se la mete a la boca.

—Delicioso—murmura.

— ¿Te gusta? —pregunto mientras miro cómo se lame los labios.

Por-el-amor-de-Dios.

— ¿Quieres probar? —pregunta acercándome la espátula a la boca.

Digo que sí con la cabeza y la aparta de mi cara, hunde sus dedos en mi cuello y me besa lentamente. Enseguida siento el sabor dulce y salado de la salsa, no es nada vegano, pero viniendo de los labios de Matthew, todo es un pecado para mí.

El sabor del pecado en persona. Delicioso sabor de un dulce pecado.

Agilizo el beso y me aprieto junto a él, suelto un gemido en su boca mientras siento sus manos por debajo de mi blusa tocando mi espalda desnuda.

—Detente—Jadeo.

—Lo siento—murmura pegando su frente a la mía.

—Te disculpas demasiado, Matthew Reed. —Lo imito y me regala la mirada que me gusta.

Sube a su habitación y minutos después regresa con su cabello húmedo, la cena está servida para él y segundos después llega Joe.

Yo me he preparado un puré para acompañarlo con tostada integral.

—Pensé que comerías macarrones—Dice Matthew observando con disgusto mi comida.

—No como macarrones, llevan queso y viene de la vaca.

—Pensé que te había gustado—dice con voz seductora haciéndome atragantar con mi propia saliva, lo fulmino con la mirada, sé a lo que se refiere.

Maldito provocador.

—Está delicioso, Belle. Por fin comemos comida de verdad. —Dice Joe con la boca llena de macarrones.

—Yo no diría que eso es comida de verdad. —Me quejo mordiendo la tostada.

—Oh, ¿Comida de conejo? No gracias.

Después de cenar, llevo mi plato y el de los chicos al lavado. Me amarro el cabello en una coleta alta para lavarlos y un aliento caliente me invade el cuello.

—Tú cocinas, yo lavo. —susurra.

—No me importa, me gusta lavarlos.

—Entonces, te ayudaré.

Mientras yo lavaba él secaba, era una escena propia de un matrimonio y empujé ese pensamiento a un lado. Matthew no se mira como un chico que quisiera casarse, vive solo en una gran casa acompañado de su mejor amigo y ¿Su amiga?

Me doy una cachetada para mis adentros y continúo lavando en silencio.

—La clase de mañana será interesante— Dice Matthew colocando el plato en la repisa.

—Me gustará. —Afirmo sin verlo. Él es un experto en lo que hace y todavía no se da cuenta de ello.

—Me pondrás más nervioso. —dice aguantando una risa.

— ¿Matthew Reed nervioso por una estudiante de historia de intercambio? No lo creo.

—Pues créelo, no esperaba verte en esa clase hasta que la profesora Smith lo mencionó en sus notas. ¿Puedo preguntarte algo?

—Claro.

— ¿Por qué te llaman Isabelle o Belle, y no Elena?

Suelto un suspiro.

—Mi madre me llamaba así, sólo a ella le permitía que lo hiciera, cuando vine a vivir aquí me he presentado como Isabelle o Belle.

— ¿Por qué en clase no te presentaste como Isabelle?

—Pensé en mi madre, ella fue estudiante en historia también.

—No te llamaré Elena si no quieres. —Mi confesión le toca el corazón.

—Está bien, me gusta que me llames Elena.

Toma mis manos mojadas para que lo vea y cuando lo hago, se me llenan los ojos de lágrimas, me siento feliz de poder hablar de mi madre con él, me da confianza y seguridad, no hace tantas preguntas, ni siquiera me ha preguntado el motivo de mi mentira al decirle que mis padres habían muerto.

—No merezco esa exclusividad, mariposa.

—Me dices mariposa y esas habitan en el paraíso, pero no quieres llamarme Elena, el nombre que me dieron aquí en la tierra.

—Puedes llamarme *halcón* si quieres. Ellos seguro habitan en el infierno. —suelta mis manos y continúa en lo suyo.

—Jamás te llamaré de esa forma, por si no te habías dado cuenta ni siquiera te digo «*Matt*» como lo hacen todos, te llamas Matthew, Matthew Reed y punto.

Por el rabillo del ojo veo cómo sonríe en aceptación, sí, he ganado de nuevo.

—Aunque cometieras el peor de los pecados, te echarían del infierno de inmediato, eres demasiado dulce, mariposa.

—No soy perfecta, Matthew, es raro que no te hayas dado cuenta.

—Eres perfecta en mi mundo, mariposa.

—Tú no eres perfecto… ya sabes por lo que haces en ese lugar, pero no hay infierno para ti, tú también eres dulce y noble.

—Te equivocas, mariposa, *Arthur Rimbaud* dijo: «*Yo debería tener un infierno para mi cólera, un infierno para mi orgullo, y el infierno de las caricias; un concierto de infiernos.*»

ƸƷ343ƸƷ

Me dejan inmóvil las últimas palabras y él se da cuenta. Busco su mirada hasta que se halla con la mía, no puedo creer que sea tan malo como él lo afirma, algo en mi interior indica que es todo lo contrario.

— Cielo o infierno, ¿Qué importa? — Me acerco y él me acepta con fuerza de la cintura hasta que nuestros labios se estrechan, haciéndome estremecer, pero no de dolor, más bien de deseo.

No, no puedo acostumbrarme a esto.

Es un beso arrebatado pero sincero, no me dan miedo sus palabras, puede describir el infierno de todas las formas oscuras posibles, ni los mejores o peores poemas del mundo que se refieran al infierno me hacen pensar diferente, él es dulce, un dulce pecado en el que quiero vivir.

—Perdóname, mariposa.

—No me pidas perdón por no tenerte miedo, Matthew, no hay nada en el mundo que me sorprenda demasiado para temerte.

Me desperté con una sonrisa en mi rostro. Aunque no sería fácil despertar en la misma casa con la persona que me besaba tan apasionadamente en un salón de clases y en la cocina de la casa.

Después de salir de la ducha preparé mi ropa, un vestido celeste arriba de la rodilla, zapatos de tacón y una chaqueta.

Al llegar a la cocina vi a Matthew desayunando en la isla y estaba demasiado distraído para darse cuenta de mi presencia. Sonreí para mis adentros y me serví un poco de café que estaba ya listo en la cafetera.

Al girarme un par de ojos grises me exterminan desde mi cabeza hasta la punta de mis pequeños pies.

— ¿Qué? —pregunto tomando un sorbo de mi café.

—El vestido es muy corto. —señala con los ojos.

—Sí ¿Y? — Sigo la dirección de sus ojos y me encojo de hombros.

—Me vas a distraer en clase. —Sé que no debo reírme pero su comentario ha sido lo más dulce que me pueda decir.

—En ese caso, es mejor que se concentre, Señor Reed.

Pone los ojos en blanco y después pone su cara de pocos amigos, a esa cara si ya me he acostumbrado.

Joe baja enseguida.

—Oh, Belle, vas a matar a alguien con ese vestido.

—Lo ves—refunfuña Matthew.

Joe y yo intercambiamos miradas y él ríe a carcajada.

—Amigo, eso es nuevo en ti—le da una palmada en la espalda.

Después de escuchar las quejas de Matthew, minutos después recibo un mensaje de David.

Buenos días, Belle.
Te veré en la universidad, surgió algo y no podré pasar por ti.

David.

Frunzo el ceño.

¿Qué es lo que ha surgido tan temprano para David? Me encojo de hombros y guardo mi teléfono.

— ¿Todo bien? —pregunta Joe al darse cuenta de mi gesto.

—Sí, era David, no va a poder pasar por mí hoy.

—Irás conmigo, mariposa. —Ordena Matthew bajando las escaleras.

—No, Puedo caminar, gracias.

—No fue una pregunta, es un hecho, mariposa.

Resoplo y Joe le divierte la amabilidad de su amigo.

Joe es el primero en salir. —Nos vemos en el almuerzo. —Se despide.

Al llegar a la universidad, me sorprendió que Matthew me tomara de la mano, no es que no quisiera, en realidad es algo nuevo para mí que él fuese tan amable conmigo y tan... *besable.*

Al sentarme en medio del salón, me doy cuenta que el vestido se sube más de la cuenta. Me sonrojo y veo un par de ojos ceniza que están furiosos viendo lo que intento hacer. Dice que no con la cabeza y sigue preparando sus papeles para la clase.

Me doy por vencida con mi vestido y pongo un libro sobre mis piernas.

Listo, problema arreglado.

David todavía no llega, me preocupa su demora así que decido enviarle un mensaje:

Hola, David.

¿Todo está bien?

Muerdo mi labio inferior esperando la respuesta de David. Tres minutos después contesta:

Hola, Belle.
Todo bien, un pequeño problema con mis hermanos, nada grave.
¿Pudiste llegar sin problema a la universidad?

David.

Sonrío al imaginarme qué tipo de problema pueden causar Mike y Katie.

Supongo que cuando se trata de tus hermanos es un problema grave.
Y sí, vine con Matthew.

Eso no le va a gustar nada, pero es la verdad y no voy a mentirle por ello. Guardo mi teléfono cuando la imagen de *Poe* aparece de nuevo en la pantalla.

Ꜫ35Ꜫ

—El día de ayer hablamos un poco de la vida de *Poe* para poder entender su poesía. Hoy empezaremos a conocer su vida como poeta.

Otra imagen aparece. Una escultura.

—La carrera literaria de *Poe* se inició con un libro de poemas, «*Tamerlane and Other Poems*»[39] en 1827 un opúsculo de poesía de cuarenta páginas. En el prólogo afirmó que casi todos los poemas habían sido escritos antes de los catorce años y sólo se imprimieron cincuenta copias, el libro pasó prácticamente desapercibido. —Busca mi mirada y me sonríe.

Es el libro que yo tengo, el que se había convertido en un tesoro gracias a él.

—Su segundo libro publicado dos años después «*Al Aaraaf, Tamerlane and Minor Poems*», Se basa en historias del *Corán*[40], y nos habla de la vida futura en un lugar llamado *Al Aaraaf*. El libro no fue del todo comprendido, y el autor fue en general fustigado por ello. *Al Aaraaf* era un lugar donde las personas que no han

---

[39] Traducción: «Tamerlán y otros poemas» Primer libro de E. A. Poe.

[40] Es el libro sagrado del islam, que según los musulmanes contiene la palabra de Dios.

sido buenas ni malas tuvieron que permanecer ahí hasta recibir el perdón de Dios. *Poe* dijo que era un medio entre el *Cielo* y el *Infierno*, donde los hombres no sufren ningún castigo, pero que aún no alcanzan la felicidad que se supone que debe ser las características de goce celestial.

Es como una especie de purgatorio. Pero ninguna persona puede permanecer toda su vida sin ser bueno alguna vez o haber cometido un error terriblemente malo y hacer daño a otros. No hay perfección en un ser humano que esté lejos de estas dos cosas. El bien y el mal abunda en el mundo y no todas las personas pueden hacer diferencia entre ellas.

— «*Poems*» fue el título de su tercer libro. El libro reeditaba los poemas largos «Tamerlane» y «Al Aaraaf», además de seis poemas inéditos.

La clase es interrumpida por David, parece agitado y a regañadientes Matthew le dice que puede pasar. David me busca con la mirada y cuando me ve sonríe y viene directo hacia mí.

Matthew se aclara la garganta y toma un sorbo de agua.

—Hola—susurra David. —Estás preciosa.

Me muevo en el asiento y Matthew continúa con la clase:

—«*La Narración de Arthur Gordon Pym*», fue su cuarto libro publicado en 1838. Se trata de un relato de aventuras marineras. Según *Van Wyck Brooks*[41], *Poe* pudo escucharse a sí mismo historias sobre apariciones, cadáveres y cementerios en los depósitos de los esclavos negros, cuando su madre lo llevaba de visita a las plantaciones de la familia.

Hago una mueca sobre ese último comentario, no puedo imaginarme un niño presenciando cosas así, aunque el suicidio de mi madre no estaba tan lejos de eso.

—*Poe* se prestó a trabajos impropios de su talento, como la publicación con su nombre de un texto de *conquiliología* y fue acusado de plagio. Esa fue su quinta publicación. «*Tales of the Grotesque and Arabesque*»[42] fue su sexto libro. Los Tales integran algunos de los grandes relatos de su autor, como «*La caída de la Casa Usher*», «*Ligeia*», «*Manuscrito hallado en una botella*», etc.

---

[41] Fue un crítico literario, biógrafo e historiador estadounidense.

[42] Traducción: «Cuentos de lo grotesco y arabesco» Sexto libro de E. A. Poe.

David, pone su brazo detrás de mi cuello y me tenso. Mientras Matthew habla puedo ver que encoge el ceño y muerde su labio inferior.

Oh, David y Matthew.

—Por último, «*Eureka*»[43] su último libro publicado, La obra está dedicada al gran científico alemán de la época *Alexander von Humboldt.*[44] Supone una teoría cosmológica que en algunos pasajes parece presagiar la del *big bang*[45].

La imagen de *Poe* cambia por un texto:

"Siendo la sucesión de estrellas interminable, el fondo del cielo debería presentar para nosotros una luminosidad uniforme, como la mostrada por la Galaxia, dado que no podría haber razón alguna por la que, contra todo punto de ese fondo, no se destacase al menos una estrella. La única razón, por tanto, en tales circunstancias, por la que podríamos entender los vacíos que nuestros telescopios encuentran en direcciones innumerables, sería suponiendo la distancia del fondo invisible tan inmensa

---

[43] Es una famosa exclamación atribuida al matemático griego Arquímedes.

[44] Fue un polímata: geógrafo, astrónomo, humanista, naturalista y explorador alemán.

[45] La teoría del Big Bang o teoría de la gran explosión es un modelo científico que trata de explicar el origen del Universo.

que ningún rayo de luz a partir de dicho fondo ha sido capaz de alcanzarnos todavía."

«Eureka»

— ¿Preguntas? —Espeta Matthew con las manos metidas en sus bolsillos. Varias manos se alzan al aire.

— ¿Por qué *Poe* escribió sobre la teoría del universo? —Es la primera pregunta de un chico detrás de mí.

— *Poe* no pretendía valerse de un método científico en el ensayo, escribió basándose en la más pura intuición. Por esta razón consideraba la pieza como una *obra de arte*, no científica. De hecho, *Eureka* está repleta de errores científicos.

Una chica alza la mano. — ¿*Poe* se enamoró?

Risas se escuchan en el salón.

—Sí, *Poe* se enamoró y de eso hablaremos la otra clase, haciendo énfasis en sus poemas más célebres.

Poe se enamoró y era un poeta con un pasado triste, Matthew también podría enamorarse. Ronronea la voz en mi cabeza de nuevo.

No conozco el pasado de Matthew, ni siquiera él sabe el mío, ya bastante sabe y es increíble que no haya hecho preguntas al respecto. Pienso en que quizás no le importa o es demasiado respetuoso al respecto. Y sin importar lo que pase sigo pensando lo mismo, no hay nada que me llegue a sorprender de la vida de Matthew, al menos no hasta ahora, no puedo alejarme de él, vivo en su casa y el beso ha sido una señal de que mi corazón está empezando a cobrar vida.

~363~

Al terminar la tarde en la universidad, había llamado a los Henderson para pedir la tarde libre, tenía que ir a casa de los Cooper, extrañaba verlos y había prometido ir a visitarles pronto.

— ¿Irás a la casa del bui…—Lo aniquilo con la mirada y se retracta: —A casa de los Henderson? —pregunta Matthew mientras almorzamos con los chicos.

—No, iré a la casa de Ana.

—Se alegrarán cuando te vean—dice Ana.

—En ese caso, te llevaré—Dice Matthew acomodándose en su asiento.

—No…—me interrumpe con su mirada seria y me retracto: —Ya sé, es un hecho. —Pongo los ojos en blanco.

—Me alegro de que lo vayas entendiendo, mariposa.

Cuando íbamos en el auto, apretaba mis manos contra la otra, tenía mis nudillos en blanco y la garganta seca. Estaba demasiado ansiosa y nunca me había sentido así cuando se trataba de hablar con los padres de Ana, ellos eran buenos conmigo.

— ¿Estás bien? —pregunta Matthew sacándome de mis pensamientos negativos.

—Sí, supongo.

—No te ves bien, ¿Estás segura que tienes que ir?

—Sí, se los debo.

— ¿Es por el tema de tu… el Sr. Jones? — dice incómodo.

—Eres bueno analizando a las personas—digo como un cumplido. —Confío en que ellos respetarán mi decisión de no verlo.

— ¿Entonces qué pasa? —insiste.

—Tengo un mal presentimiento, es todo.

No siguió haciendo preguntas, al llegar a la casa de Ana, sentí un nudo en mi estómago. No quería entrar pero debía hacerlo.

—Dame tu teléfono—pide.

Me extraña su pedido y sin llevar la contraria se lo doy, el escribe un par de cosas mientras yo veo por la ventana y me lo entrega.

—Ahora tienes mi teléfono y yo tengo el tuyo, llámame si las cosas no van bien.

—Sí, será un hecho.

Él se acerca e intenta darme un abrazo pero me tenso negándome, es la primera vez que rechazo su tacto.

—Lo siento es que...

—Mariposa, no te disculpas, está bien. —Lo he hecho sentir mal.

Algo no está bien, no me he sentido de esa manera con él anteriormente y antes de que el momento sea más incómodo me bajo del auto y camino tomando bocanadas de aire para relajarme.

Al tocar el timbre de la puerta, la Sra. Cooper sale a recibirme.

—Belle, qué alegría verte, estás preciosa.

Caminamos juntas hasta el interior de la casa y todo me resulta familiar pero me sigo sintiendo tensa y nerviosa a la vez.

— ¿Dónde está Rob? —pregunto nerviosa.

Ella no responde y me escolta hasta la sala principal. Camino viendo la punta de mis zapatos hasta que una voz me hace levantar la mirada.

—Isabelle.

Parpadeo un par de veces, el nudo en mi estómago no se comparaba con el latido fuerte de mi corazón, todo tiene sentido ahora. Lo que sentía no eran nervios o ansiedad por hablar con los Cooper.

— ¿Qué haces aquí? —Doy un paso hacia atrás en defensa.

—Hija, por favor quería verte, ha pasado tanto tiempo y mírate—me ve con ojos brillantes—Estás preciosa, eres igual a Ana.

— ¡No la nombres! —Grito —No tienes derecho a nombrarla.

—Isabelle, amaba a tu madre así como te amo a ti.

— ¿Estás seguro de eso? —Amenazo con la mirada—No lo estabas para creer lo que *él* me había hecho.

—Perdóname, mi amistad con Bennett terminó.

— ¡Cállate! No lo pronuncies en mi presencia.

—Belle, querida no te alteres.

—Me mintieron, sabían que él estaría aquí.

Corro hacia la puerta aclarando mis ojos por las lágrimas que caen en mi rostro como una cascada, corro lejos de su presencia y choco con un pecho y unos fuertes brazos me rodean.

— ¡Mariposa! ¿Qué tienes?

Lloro en su pecho y él me abraza con más fuerza, me aferro a su abrazo, el abrazo que había rechazado minutos antes.

Unos grandes pasos escucho detrás de mí.

— ¡Isabelle, Regresa!

— ¿Quién es él? —pregunta Matthew sin soltarme.

—Es mi padre—Sollozo.

Siento la respiración de Matthew acelerarse.

— ¡Isabelle! Por favor. —ruega mi padre acercándose.

—Señor, por favor, no se acerque más. —ordena Matthew.

— ¿Tú quién demonios eres? —espeta mi padre con furia.

— ¡Soy su novio! —Grita con autoridad.

No oigo los pasos de mi padre después de escuchar que Matthew dijera que era mi «novio».

—Por favor, solamente quiero hablar con mi hija—cambia su tono de voz.

—Señor, lo diré sólo una vez, no se acerque más. — Me aferra más a su agarre. —Entiendo que quiera hablar con ella, pero no voy a permitir que se acerque si ella no quiere hablar con usted.

—Por favor, sácame de aquí—Sollozo.

Matthew abre la puerta del auto y me deja caer en el asiento. Corre hasta la puerta del conductor y arranca con furia el automóvil. Lloro en todo el camino, Matthew solamente sostiene mi mano.

Es demasiado, tres años de no ver a mi padre y no parece el mismo, su mirada, su voz, está más cansado y más viejo. Pero sigue siendo un hombre dictador que sólo sabe dar órdenes.

Veo por la ventana, hemos llegado a casa, tengo la mirada perdida y ni siquiera escucho la voz de Matthew, sé que él me habla pero no puedo responder. Abre la puerta y se inclina hacia mí. Limpia las lágrimas de mi rostro y sigue hablándome. Lo abrazo y él me carga en sus brazos hasta el interior de la casa. Sube las escaleras conmigo aferrada en su cuello, y me lleva hasta mi habitación dejándome sobre mi cama.

Me hago un ovillo y regresa con un vaso de agua, tomo un pequeño sorbo y me vuelvo aferrar a mi almohada.

— ¡No me dejes! —Sollozo al verlo dirigirse a la puerta.

Suelta un suspiro de alivio y regresa conmigo a la cama, se acuesta al lado mío y yo vuelvo a aferrarme a su consuelo. Sigo llorando y él acaricia mi espalda con movimientos circulares.

Después de varios minutos dejo de llorar, contemplo el cuadro en mi habitación y al sentir el calor del cuerpo de Matthew me siento por primera vez... segura.

—Lo siento—murmuro.

—No te disculpes— me reprende besando mi cabello.

— ¿Qué hacías ahí? —pregunto levantando mi rostro para verlo.

—Estabas demasiado nerviosa y sabía que no me llamarías, decidí esperarte.

Oh, Matthew, sigues sorprendiéndome.

—Gracias. —Él atrapa una última lágrima.

—Entiendo que no quieras hablar de ello, pero no estás sola, mariposa.

Estoy demasiado a gusto en su pecho, él no es malo y sigue sin darse cuenta. Una gran parte de mí confía cada día más en él y sé que no me juzgará por lo que he dejado atrás

Después de un largo silencio decido que es momento de hablar:

—Después de que mi madre murió, él no volvió a ser el mismo, se encerraba en su despacho por largas horas e iba de viaje por prolongados días.

—Mariposa, la forma en que tu padre haya enfrentado el luto de tu madre no justifica la forma en que reaccionas ante él. ¿Puedo preguntar cómo murió tu madre?

Se me llenan los ojos de lágrimas de nuevo y Matthew se inclina para darme un rápido beso.

—Se suicidó—Sollozo.

—Lo siento, Elena.

—Yo la encontré en su bañera, mi padre decía que mi madre no estaba bien de salud, pero sé que es mentira, mi madre nunca me dejaría, éramos mejores amigas.

—Lo entiendo—limpia mis lágrimas. —¿Por qué te fuiste de casa?

Me estremezco por su pregunta y desvío la mirada.

—Lo siento, no debo preguntar.

—Un amigo de mi padre intentó hacerme daño, no me preguntes su nombre— Advierto.

Frunce el ceño y veo furia en sus ojos, una furia que no había visto nunca en él— ¿Cómo intentó hacerte daño?

—Metiéndose en mi habitación, no era la primera vez que lo intentaba y después de la muerte de mi madre para él ya no había obstáculo. —aclaro mi garganta y continúo: —Una noche me cansé de todo, extrañaba demasiado a mi madre y me dolía la indiferencia de mi padre y lo odiaba a *él*.

Me detienen las palabras que están por salir de mi boca, es la primera vez que lo digo en voz alta.

—No sigas, es demasiado para ti.

Era ahora o nunca si decide salir corriendo o echarme de su casa lo entenderé.

—Intenté acabar con mi dolor quitándome la vida. —Hago una pausa y busco su mirada: —Ana me encontró, llamó a sus padres y ese mismo año ellos iban a mudarse aquí, me separaron de mi padre y desde ese día estoy con ellos.

Matthew besa mi frente y me aprieta a su pecho.

— ¿Tu padre no hizo nada al respecto? —Gruñe— Con todo lo que había pasado contigo y el maldito que intentó hacerte daño.

—El Sr. Jones nunca me creyó, dijo que sólo llamaba la atención y que estaba loca como mi madre.

Matthew maldice en voz baja al escuchar mis palabras.

—Si hubiese sabido eso antes, no lo habría tratado con tanto respeto hace unos minutos, mariposa.

—Dice que ya no es amigo de *él*, pero han pasado tres años, creo que es demasiado tarde, no estoy preparada para su arrepentimiento.

—Es entendible y espero que respete tu decisión, pero tarde o temprano tendrán que hablar. Él sigue siendo tu padre.

—Lo sé.

—Eres más fuerte de lo que piensas, mariposa.

—Pensé que huirías al escucharlo.

—Mírame—pide con voz ronca y obedezco: —Tú no huiste, buscaste la felicidad que no encontrabas en tu casa después de la muerte de tu madre. Yo no huiría de ti por tener el coraje de haberlo hecho. —Desvío la mirada avergonzada y él toma mi barbilla para mirarlo de nuevo: — ¿Quién no se ha sorprendido a sí mismo cien veces cometiendo una acción estúpida o vil, por la única razón de que *no debe* cometerla?

—Me da vergüenza que llegues a pensar que estoy loca como dijo mi padre.

—*Albert Einstein* se preguntó si el loco era él o los demás, en este caso el maldito que intentó abusar de ti es un hijo de puta loco.

373

Me quedé dormida entre sus brazos, no había ningún secreto, ya lo sabía todo y aun así no salió huyendo de mí.

Tú no sabes nada de él, y te llamó su novia.

Cierro mis ojos y me aferro a un sueño profundo.

La mansión Jones, nueve años antes…

—Es una lástima que tu sobrino, Adam no haya podido venir, Bennett.

—Mi sobrino es un rebelde, le he castigado por ello.

—Eres muy severo con tus castigos, lo compadezco.

Escuchaba a través de la puerta a mi padre y a «él», Bennett. Había pasado cerca de un año y no había vuelto a ver «al niño de los ojos hermosos», sabía que no volvería a verlo nunca. Y Bennett cada vez me daba miedo.

Mi madre decía que era un hombre frío como el hielo, pero así como el hielo tiene su debilidad por lo cálido, también lo era Bennett.

No me gustaba que viniera a casa, mi padre siempre me obligaba a saludarle y el tocaba mis mejillas y me daba asco sentir sus dedos callosos. Limpiaba mis mejillas como si me hubiese transmitido alguna bacteria, pero en realidad así me sentía. Asqueada por él y su mirada...

La mansión Jones, tres años atrás…

Sentí unas manos frías y callosas en mis piernas mientras dormía, desperté de un solo golpe y él tapó mi boca con sus manos y con la otra tenía un arma apuntando mi cien.

Mis ojos se llenaron de lágrimas pero no le tenía miedo.

De pronto se escucharon pasos afuera de la habitación.

—No te muevas—amenazó—o te mataré aquí mismo.

Hice lo que me pidió, no le tenía miedo a la muerte, pero no le iba a dar el gusto de abusar de mí y mucho menos de matarme, de eso me encargaría yo antes de volver a sentir sus callosas manos en mí.

Él salió de mi habitación no sin antes dejar su marca de saliva en mi cuello.

Corrí hacia el baño y me metí a la ducha con mi pijama puesta, lloraba desconsolada y tenía mucha ira. No iba a permitir que él se acercara a mí. Primero muerta.

Y eso hice, rompí el espejo del lavado y tomé un trozo de vidrio, mis nudillos estaban ensangrentados pero no me dolía, me dolía más pensar que no estaba mi madre conmigo y que mi padre me ignoraba todo el tiempo.

Abrí mis muñecas y me dejé caer de rodillas, miraba la sangre brotar alrededor mío y cerré mis ojos.

Escuché gritos, no entendía lo que decía pero alguien gritaba por ayuda.

— ¡Ayuda!

Tenía mucho sueño y mis parpados pesaban demasiado para permitirme abrirlos.

Desperté en una sala blanca, la luz lastimaba mis ojos y alguien sostenía mi mano. Era Ariana, mi mejor amiga. Ana estaba aferrada de mi mano y sus padres hablaban afuera de la habitación, no vi a mi padre pero sí escuchaba su voz.

— ¡Necesita ayuda! Su madre estaba mal igual a ella.

—Ella no está loca, Robert, intentaron abusar de ella, la escuchaste mientras salvaban su vida. Necesita una familia donde poder sentirse segura.

—Su familia soy yo.

—Entonces ¿Por qué tu hija intentó acabar con su vida?

Él no respondió.

—La llevaremos con nosotros, es lo mejor que puedes hacer por los momentos, nosotros cuidaremos de ella y encárgate de tu amigo, Robert.

~383~

—Buenos días, mariposa— Abro mis ojos y él aparta un mechón de mi rostro mientras estoy acostada sobre su pecho desnudo.

—Buenos días.

Le sonrío.

Tiene un aspecto mañanero muy único, su cabello marrón desaliñado y sus ojos grises ceniza brillan a la luz del día.

—Dijiste que eras mi novio—Recordé.

Él disimula una sonrisa y peina su cabello con los dedos muy nervioso.

—Es verdad.

— ¿Por qué lo dijiste? Sabes cómo espantar al padre de una chica.

—No lo hice por eso.

Desliza sus manos sobre mi mejilla y la acaricia suavemente, inclina su cabeza, me da un beso y cierra sus ojos. Siento la rapidez de su respiración y parece nervioso.

— ¿Quieres que lo sea? —Pregunta finalmente.

— ¿Eso es una pregunta o un hecho? — Ambos sonreímos.

—Es una pregunta, Elena. —responde con seriedad.

Lo pienso por un instante y me dejo llevar por su mirada gris, pienso en el infierno y en el paraíso, he tenido un poco de los dos desde que lo conocí y reflexiono en las palabras de mi madre que ni el infierno, ni el fuego y el dolor son eternos.

—Sí.

Su rostro se ilumina y me tumba sobre él. Toma mi rostro y siento sus cálidas manos. Él empieza a besarme, primero en mi frente luego en la punta de mi nariz y lentamente llega hacia mi boca.

—Me alegro—susurra—Estaba pensando en hacerlo un hecho y no una pregunta.

Pongo los ojos en blanco y muevo mi nariz.

—Oh, Elena estás en problemas. — me advierte y empieza a hacerme cosquillas.

— ¡Para! ¡Para! —Grito—Vas a hacer que te orine encima, Matthew.

Me suelta y golpeo sus costillas, me levanto de la cama y le hago gesto con la mirada que me dé un poco de privacidad para darme una ducha, él sonríe malicioso y sale de la habitación, dejándome con piernas de gelatina y una sonrisa satisfecha en el rostro.

Eres la novia de Matthew Reed, el halcón. Escucho la voz emocionada dentro de mi cabeza.

Sí, soy su novia. Respondo riendo para mis adentros.

Al bajar a desayunar Joe está con Ana en la sala, ella llora y pienso en el día anterior.

—Belle, lo siento mucho—solloza intentando abrazarme.

Me parte el corazón verla de esa manera, ella no sabía nada al respecto, y entiendo su posición.

Me acerco a ella y la abrazo sin dudarlo, ella permanece inmóvil intentando asimilar mi nueva reacción y finalmente corresponde a mi abrazo llorando con más fuerza.

—No llores, Ana, no es tu culpa.

—Lo siento tanto, te lo juro que no sabía.

—Lo sé.

Limpio sus lágrimas con mis pulgares y ella me sonríe.

—Me has abrazado—Afirma con una sonrisa llorona.

—Y no será la última vez—Digo abrazándola de nuevo.

Matthew baja las escaleras y nos ve chillar como un par de magdalenas. Frunce el entrecejo y Joe le hace seña dando a entender que «*todo está bien*»

—Mi madre dijo que *tu novio* te protegió—Arruga el ceño confusa y su mirada se dirige hacia Matthew.

—Eh, Bueno—tartamudeo.

—Tú lo has dicho, Ana, *su novio* la protegió y así será siempre. —Afirma Matthew.

— ¿De qué me perdí? —pregunta Joe.

—Elena es mi novia. —Responde hinchando su pecho con orgullo.

Brinco de emoción para mis adentros y muerdo mi labio inferior, me ha llamado su novia y no se refirió a mí como *mariposa*, me llamó *Elena* y eso lo hace más importante.

— ¡Ya era hora!—Celebra Joe.

Mientras, yo espero los gritos de Ana.

—En ese caso, los apoyaré—Ana me ve y a Matthew y lo aniquila con la mirada—

solamente porque estabas en el momento perfecto cuando más necesitaba a alguien, pero si la lastimas Matthew Reed, te juro por la memoria de mi gato *Bruno* que te arrancare las bolas.

Oh, Ariana. ¿Qué voy a hacer contigo?

—Me compadezco de tu gato, Ana, pero eso no va a pasar, mariposa y yo hicimos un pacto.

¿Ah?

Después de dar las nuevas noticias y desayunar en un silencio incómodo, era hora de ir rumbo a la universidad, ahora era la novia de Matthew y que David pasara por mí, ya no era necesario aunque me partía el corazón tener que rechazar su amabilidad.

Que David se enterara de que era novia de Matthew no le iba a gustar, parecía odiar su presencia y desconocía el motivo.

Mientras vamos en el auto me pregunto qué pacto he hecho con Matthew, no entiendo a lo que se ha referido al decirle eso a Ana.

— ¿Por qué estás tan callada? —pregunta Matthew bajando volumen a la música.

—Pensaba.

— ¿Pensabas? ¿En qué?

—En el pacto que tú y yo hicimos que no recuerdo.

Ríe a carcajadas.

— ¿Quieres saberlo? —me mira por un instante y regresa su mirada hacia enfrente.

—Sí, por favor.

Pone su mano en la mía.

—Sí llego a lastimarte, por favor, arráncame el corazón.

Oh, Matthew. Ruego a todos los dioses del amor y del desamor que eso no ocurra nunca.

— ¿Y si yo te lastimo? ¿Arrancarás el mío? —Pregunto sujetando su mano.

—Si llegas a lastimarme es porque yo te lastimé primero.

Se me llenan los ojos de lágrimas pero desvío la mirada. Matthew Reed está despertando mi corazón pero también los miedos más profundos de éste.

Mientras camino con Matthew, esta vez sin sentirme extraña mientras me lleva tomada de su mano, recibo un mensaje de David:

Respeto que ya no quieras que pase por ti pero no entiendo el motivo.
Espero que las cosas estén bien entre los dos.
Te veo en clases.

Un beso,
David.

Guardo mi teléfono, me alegro que Matthew no haga preguntas al respecto, no estoy preparada para explicarle los sentimientos de David hacia mí.

—Te veo en clases, tengo que ir un momento al tocador—Matthew asiente y me da un beso en mis nudillos antes de soltar mi mano.

Mientras estoy en el cubículo del tocador veo dos pares de tacones que entran. Ríen como hienas y hablan algo sobre el polígono y los próximos juegos.

—La próxima noche será estupenda, tengo algo preparado para mi favorito. —Dice la primera voz.

— ¿Crees que esa chica sea algo serio? Los hemos visto tomados de la mano en los pasillos. —Dice la segunda voz.

—Por supuesto que no, Matt es incapaz de ser un hombre de una sola mujer—resopla— y yo no soy celosa, así que más le vale que termine su juego de conquista lo antes posible.

Siento que me arden las mejillas, está hablando de Matthew y de mí. Salgo del cubículo y mi intuición no me falla, una de esas voces pertenece a Olivia.

—Pensé que estábamos solas—refunfuña Olivia alborotando su gran melena.

Ignoro su comentario, todos los que ha hecho, está celosa no hay duda de ello aunque dijera lo contrario.

—No te hagas la sorda—Me amenaza —Sabes que estábamos hablando de ti, y me alegra que hayas podido escuchar que Matt y yo seguimos juntos, así que más te vale que te desaparezcas por dónde sea que hayas salido.

Oh, dioses de la paciencia, ayúdenme a no perder la cordura y bajarme a su nivel.

~Ɛ393~

—No te conozco y no voy a perder el tiempo hablando contigo. —camino hacia la puerta y me corta el paso.

—Yo sí te conozco, eres la zorra de intercambio, dime una cosa ¿No te bastaban los chicos de dónde vienes? —Espeta colocando sus manos en la cintura.

— ¡No te permito que me hables…

—Matt me pertenece, nos pertenecemos, tú jamás podrás estar a mi altura, ¿Qué esperas? ¿Qué mi *halcón* sea tu príncipe azul en esta nueva aventura? Jamás alguien como Matt se fijaría en alguien como tú. No eres ni muy atractiva ni muy interesante, eres el nuevo juguete *virginal* de él, ¿Por qué crees que aceptó que vivieras en su casa?

Se me encoge el estómago. ¿Matthew habló de mí con ella?

No puedo responder nada al respecto, ella tiene razón, es demasiado inesperado que un chico como Matthew se fijara en mí, hace unas horas me había pedido que fuera su novia y ahora su todavía novia estaba marcando territorio nuevamente.

Veo cómo salen por la puerta riendo a carcajadas. Me veo al espejo, mi atuendo es conservador y enseguida se me llenan los ojos de lágrimas, no soy demasiado atractiva como ella, y tampoco soy interesante, estoy llena de problemas y con un pasado suicida.

Permanezco sentada en el suelo del baño, llorando como una idiota por culpa de él y las palabras de ella. Si eso era cierto, que yo solamente era un juguete *virginal* para él, iba a morir lentamente, estaba empezando a sentir que lo dulce se convertía en algo agrio.

Han pasado varios minutos y yo sigo con mis rodillas encogidas en el suelo. Miro mi teléfono móvil y tengo una llamada perdida de Matthew y dos mensajes:

Mariposa,
¿Dónde estás?
Por favor, llámame de inmediato no me importa abandonar la clase.

Matthew.

El segundo mensaje es de David:

Belle, ¿Estás bien?
Estoy en clase y hay una silla vacía a mi lado.

David.

Qué irónico.

Levanto mi trasero del suelo y limpio las lágrimas de mi rostro, no voy a regresar a su clase y escucharlo hablar como un dios poético, ni siquiera quiero verlo en estos momentos.

Camino por los pasillos con la mirada clavada en el suelo, el edificio es inmenso y no conozco la otra área, sigo abriendo paso contrario a donde están mis clases de literatura y vago por los pasillos. Mis pensamientos me están volviendo loca, siento mucha ansiedad y quisiera salir corriendo, pero donde vivo es donde también vive el culpable de que me sienta así.

Veo un salón vacío y entro para sentarme un momento, saco mi iPod y pongo un poco de música para silenciar mis pensamientos. Observo por la ventana y veo los edificios que rodean la universidad. Ha pasado cerca de una hora y seguramente la clase de Matthew terminará pronto.

Ruego para mis adentros que el salón permanezca vacío, no estoy preparada para salir y enfrentar al mundo, quiero quedarme como un pequeño capullo aquí escondida.

Unas manos frías me arrebatan los audífonos de mis oídos y brinco asustada.

—Qué sorpresa verte por aquí.

—Aléjate de mí, Thomas. —Advierto.

Lo que me faltaba.

Me ve con recelo y una sonrisa malévola se dibuja en su rostro.

—No veo al delincuente aquí cerca para impedírmelo—Acaricia su barbilla.

Guardo mi iPod y me levanto de la silla intentando dirigirme a la puerta, pero Thomas se pone en mi camino y doy un paso atrás alejándome de él.

Tiene la mirada viciosa y su pecho sube y baja con rapidez.

—Thomas, por favor, déjame salir.

—Estás demasiado hermosa para dejarte ir—recorre todo mi cuerpo con su mirada.

— ¿Qué pasa contigo, Thomas? Tú no eres así, eres infiel pero no eres un acosador.

Mi discurso lo enfurece haciéndolo acercarse más y tomándome con fuerza de las muñecas. Intento gritar pero una mano de él silencia mi boca, dificultándome la respiración.

— ¡Cállate! No hagas una escena, sólo intento hablar contigo—se mofa—Voy a soltarte y me vas a escuchar. ¿De acuerdo?

Asiento y él lentamente quita su mano de mi boca pero sigue sosteniéndome con la otra.

—Te engañé, lo acepto, pero fue tu culpa, Belle, no quisiste demostrarme tu amor de la manera que yo quería y tuve que…—Su sonrisa es irónica—Bueno, ya sabes.

—Te he perdonado, Thomas, ahora déjame tranquila.

—Que me hayas perdonado es algo bueno, lo que necesito es que regreses conmigo para hacerte reflexionar. —La mano que sostiene mi muñeca se desplaza hasta mis hombros y me aparto bruscamente.

—No me toques, por favor—ruego con un hilo de voz.

—Entonces más te vale no resistirte, la gente cambia, Belle, no te imaginas lo que he tenido que vivir todo este tiempo sin ti, sin poder sentir de nuevo tus labios.

Vomito para mis adentros.

—Bésame—ordena y lágrimas empiezan a rodar sobre mis mejillas.

—No—me quiebro en llanto.

Mi rechazo lo hace perder la paciencia y se abalanza atrapándome con su agarre. Estrella sus labios en los míos de forma violenta, aprieto los ojos y cierro mi boca impidiendo la entrada de su lengua y el muerde mi labio inferior con rabia mientras lucho con mis manos para empujarlo lejos de mí.

Una oleada de aire hacen que abra los ojos y escucho el estallido de una silla.

— ¡Hijo de puta! —Grita Joe tomándolo del cuello y haciéndolo rodar por el suelo.

Ana se acerca con las manos en su boca y busca mi mirada que está totalmente perdida.

— ¡Belle! ¡Dios santo! ¡Belle!

Veo cómo Joe golpea en las costillas a Thomas y dos chicos más entran al salón y lo apartan de él. Joe se acerca a mí y toma mi mano junto con la de Ana y me hacen salir del salón casi arrastras.

— ¡Belle, mírame!—ordena Ana— ¿Estás bien? ¿Te hizo daño?

No respondo. Joe saca su teléfono del bolsillo y protesto rogando para que no le diga nada a Matthew.

—Belle, debo decirle, ha estado buscándote como un loco.

—Sólo sáquenme de aquí. —Suplico.

Ana me abraza por todo el camino hasta llegar a casa, corro hasta mi habitación con mucho miedo, tiro la puerta y empiezo a llorar con todas mis fuerzas.

— ¿Belle? Por favor, déjame entrar— Ruega Ana del otro lado de la puerta.

Abre la puerta y se tumba a la cama conmigo, Joe regresa minutos después con una fuerte bebida.

—Sé que no tomas alcohol, pero lo necesitas, Belle.

Hago lo que me pide y siento cómo mi garganta se quema. Vuelvo a aferrarme a mi almohada y permanezco así por largos minutos con mis ojos cerrados mientras Ana acaricia mi cabello.

Escuchó que alguien camina por los pasillos a grandes zancadas y me aproximo al baño para encerrarme dentro.

— ¿¡Se puede saber qué está pasando!? —Escucho a Matthew gritar detrás de la puerta. — ¿Dónde está ella?

¿Ella? Ya no es *mariposa o Elena.*

—Está en el baño, es mejor que te tranquilices, Matt—Pide Joe.

— ¿Qué me tranquilice? Te lo explicaré de esta manera: Voy a la universidad con mi novia, desaparece y no llega a clases, no contesta mis jodidas llamadas ni mis mensajes y después me entero que tú le rompiste la nariz a alguien en el edifico de leyes y los vieron salir a los tres de ahí. ¡No me pidas que me tranquilice! —protesta desesperado, puedo escuchar cómo camina por toda la habitación desesperado.

Respiro profundo y abro la puerta.

≈403≈

Matthew mira mis pies desnudos y sus ojos ceniza recorren todo mi cuerpo hasta llegar a mi rostro. Da un paso hacia adelante y yo retrocedo duramente, él se sorprende de mi reacción y su mirada se vuelve triste.

—Más vale que alguien empiece a explicarme qué fue lo que pasó antes de pensar en lo peor. —No quita su mirada de mi rostro.

—Matt...

—Déjenme sola con él, por favor. —interrumpo a Joe.

Joe y Ana hacen lo que les pido y salen de la habitación.

Matthew se acerca a mí y esta vez no lo aparto, me abraza pero no correspondo a sus caricias.

—Por Dios, Elena ¿Qué te pasó? —Pone su frente con la mía.

Mis ojos se llenan de lágrimas y no respondo a su pregunta.

—Nada. —expreso a secas.

— ¿Nada? ¿Tienes idea de cómo te ves? —Regaña sujetando mi cara con sus manos.

Lo aparto bruscamente y lo fulmino con la mirada.

— ¿Y tú, disfrutas jugar conmigo? —Suelto cortando mis lágrimas.

— ¿De qué estás hablando?

—Tu novia, Olivia, se han estado burlando de mí todo este tiempo.

— ¿Olivia? —Frunce el ceño— ¿Qué te ha dicho?

—Todo, hablabas de mí con ella desde antes que te conociera, ella sabía que iba a vivir aquí en tu casa y te has estado burlando de mí con ella. ¿Qué querías que fuera yo? ¿Un *polvo* más?

— ¡Vigila tu lenguaje, Elena! —me reprende.

— ¿Vas a negarlo?

Deja caer sus hombros derrotado.

—No.

—Era demasiado *dulce* para ser cierto, ¿No? —Una lágrima se escapa por mis mejillas.

—Por favor, Elena, no me apartes de ti—me suplica.

—Yo no te he apartado de mí, tú nunca has estado conmigo, Matthew.

—Dime qué fue lo que te pasó, por favor, mariposa.

—Nada que te importe, Matthew, déjame sola, por favor.

No protesta y sale de mi habitación a paso lento llevándose con él la poca fe que me quedaba de ser feliz a su lado.

—No sólo yo quiero tomarte, mi pequeña Isabelle.

—Es sólo un sueño, no puedes lastimarme aquí.

— ¿Estás segura de eso? Puedo hacerte mía cada vez que sueñes conmigo, será divertido.

—Despertaré antes de que lo intentes, maldito enfermo.

Despierto en mi habitación y me encuentro sola, veo el reloj, y son casi alrededor de las cinco de la mañana. Entro al baño y me veo al espejo, tengo un aspecto horrible, mi cabello está desaliñado, tengo corrido todo el maquillaje y mis ojos están hinchados de tanto llorar estos últimos días desde mi pelea con Matthew.

Joe me trató de convencer que denunciara a Thomas por agredirme pero no quería más drama en mi vida, entonces Joe se encargó de que las autoridades de la universidad lo alejaran de mí. Era el presidente de la facultad de Derecho y dieron prioridad al asunto de acoso entre los estudiantes del campus.

Me preparo para ir a la universidad, hoy es el último día en que Matthew cubrirá a la profesora Smith, por más que no quiera ir debo cuidar mi beca estudiantil.

Matthew se ha mantenido distanciado de mí, parece que no viviéramos en la misma casa y Joe me ha llevado a la universidad, ni siquiera he querido hablar con David y me he ausentado de las clases de tutorías haciéndole creer a los Henderson que estoy enferma y que no quiero contagiar a sus hijos.

Según la profesora Smith, permitió a Matthew que asignara un breve ensayo de la vida de *Poe,* citando algunos de sus poemas. Matthew me había dejado una nota en mi puerta con las instrucciones y firmó:

«Un poeta arrepentido»

Reviso algunos cambios en el ensayo antes de entregárselo al señor Reed dentro de unas horas en clase. Recuerdo las noches en que lo encontré borracho en la sala e intentó besarme en el pasillo. También el recuerdo de cuando durmió conmigo y pude conocer un poco más de él.

Escojo el poema que me recordará siempre esas dos noches sombrías que Matthew Reed se estaba convirtiendo en mi perdición.

"Vuelto a mí cuarto, mi alma toda,
Toda mi alma abrasándose dentro de mí,
No tardé en oír de nuevo tocar con mayor fuerza.
"Ciertamente -me dije-, ciertamente
Algo sucede en la reja de mi ventana.
Dejad, pues, que vea lo que sucede allí,
Y así penetrar pueda en el misterio.
Dejad que a mi corazón llegue un momento el silencio,
Y así penetrar pueda en el misterio."
¡Es el viento, y nada más!
De un golpe abrí la puerta,
Y con suave batir de alas, entró
Un majestuoso cuervo
De los santos días idos.
Sin asomos de reverencia,
Ni un instante quedó;
Y con aires de gran señor o de gran dama
Fue a posarse en el busto de Palas,
Sobre el dintel de mi puerta.
Posado, inmóvil, y nada más.
Entonces, este pájaro de ébano
Cambió mis tristes fantasías en una sonrisa
Con el grave y severo decoro
Del aspecto de que se revestía.
"Aún con tu cresta cercenada y mocha -le dije-.
No serás un cobarde.

Hórrido cuervo vetusto y amenazador.
Evadido de la ribera nocturna.
¡Dime cuál es tu nombre en la ribera de la
Noche Plutónica!"
*Y el Cuervo dijo: "**Nunca más**."...*[46]

[46] Edgar Allan Poe «El Cuervo»

~413~

Entro al salón, y Matthew me ve por el rabillo del ojo y sonríe, me he ausentado de su clase a pesar que es una de mis favoritas, pero verlo y escucharlo hablar me parte el corazón.

Viste de vaqueros y camisa blanca con una chaqueta.

Oh, dioses de la moda, ayúdenme a concentrarme en su clase y no en su hermoso cuerpo y su apretado trasero.

—Hola, Belle—David me hace aterrizar en el mundo real.

—Hola, David—Me abraza y eso me sorprende, pero realmente lo necesito

—Te he extrañado, ¿Cómo has estado de salud?

—Estoy bien, gracias. —respondo y los ojos de Matthew ya están fulminando a David.

—Vamos a empezar la clase un poco más temprano, a no ser que algunas personas dejen de quebrantar las reglas de no «*muestras de afecto entre los estudiantes*» —Refunfuña Matthew y más de veinte pares de ojos nos miran en ese instante.

Eres un idiota, Matthew Reed.

Lo extermino con la mirada y él muy arrogante me sonríe.

—Parece que tu compañero de casa está celoso—Afirma David.

—Ignóralo. —Respondo contemplando el ensayo en mis manos.

Minutos después la voz de Matthew interrumpe las conversaciones de todo el salón cuando da por iniciada su última clase.

—En toda la semana hemos llegado a conocer un poco la vida de *Edgar Allan Poe*. Su trágica infancia, sus obras literarias y su vida amorosa, pero hoy les hablaré de un amor que fue uno de los más recordados de la historia de él.

Busca mi mirada y continúa:

—El amor en la vida de *Poe* no finalizó con la muerte de su esposa, previamente había florecido en el rostro de *Sarah Elena Whitman*, un gran amor que causó también un gran escándalo. Fue su primer gran amor. —Me mira y cierra sus ojos al pronunciar estas últimas palabras.

—Elena era *poetista* pero mujer llena de inmaterial encanto, como las heroínas de *Poe;* su relación no funcionó, posiblemente debido a los problemas de *Poe* con el alcohol y a su conducta errática. —Suspira como si le dolieran las palabras—*Poe* buscó aún la compañía de otras mujeres pero él no podía olvidarse de su Elena a la que dedicaría un poema.

En la pantalla aparece el poema de título:

«A Elena»

Vestida de blanco, sobre un campo de violetas, te vi medio reclinada,
Mientras la luna se derramaba sobre los rostros vueltos
Hacia el firmamento de las rosas, y sobre tu rostro,
También vuelto hacia el vacío, ¡Ah! por la Tristeza.

¿No fue el Destino el que esta noche de julio,
No fue el Destino, cuyo nombre es también Dolor,
El que me detuvo ante la puerta de aquel jardín
A respirar el aroma de aquellas rosas dormidas?
No se oía pisada alguna;
El odiado mundo entero dormía,

Salvo tú y yo (¡Oh, Cielos, cómo arde mi corazón
Al reunir estas dos palabras!).

Salvo tú y yo únicamente.
Yo me detuve, miré... y en un instante
Todo desapareció de mi vista
(Era de hecho, un Jardín encantado)...

Se me hace un nudo en el corazón y los ojos empiezan a picarme, él había recitado una parte de ese poema antes, cuando me besó la primera vez y la palabra «*jardín*» me recuerda al jardín de su casa cuando formalmente lo conocí.

— *Wystan Hugh Auden*[47] dijo que *Poe* era «*Un hombre muy poco viril cuya vida amorosa parece haberse limitado a llorar en regazos y comportarse como un crío*». Y bueno, —sonríe con dolor—Compadezco mucho a *Poe* todos huimos de algo pero algunos no escuchan primero antes de hacerlo—Me mira incrédulo.

¿Me está retando?

Siento carbonizar mis manos y alzo una al aire.

[47] (1907-1973), uno de los grandes escritores del siglo XX.

—Señorita Jones, preguntas al final— Espeta y cuando quiere continuar lo vuelvo a interrumpir levantando de nuevo la mano.

— ¿Sí? —Dice a regañadientes.

—Quizás *Auden* tenga razón en que *Poe* se comportaba como un crío y no necesariamente llorando en el regazo de una mujer, pero sí con sus actos con terceras personas, quizás no era lo suficientemente honesto para que *Elena* lo aceptara en su vida.

David ríe en voz baja y Matthew alza una ceja.

—Buen punto Señorita Jones, pero cuando hablamos de *Poe* no nos referimos como un hombre que dedicó su vida a conquistar mujeres, si usted se hubiese presentado a las clases anteriores estaría de acuerdo con el argumento.

¡Imbécil!, gritó la voz en mi interior.

Matthew gana un punto a su favor, el no presentarme a las clases anteriores era muestra de haber huido. Regresa su mirada a la pantalla del pizarrón y continúa:

—En noviembre de 1848 intentó suicidarse con láudano[48], pero éste actuó de emético[49] y el escritor se salvó. Nos damos cuenta que toda su vida fue muy trágica pero con un gran talento, brindando los primeros y más atrapantes ejemplos del cuento científico del poema cosmogónico moderno y que toda su obra manifiesta en cada página el acto de una inteligencia y una voluntad que no se observan a ese nivel en ninguna otra trayectoria literaria.

Su voz se convierte en un eco, David me mira por el rabillo del ojo y me sonríe, así pasan varios minutos y mis ojos están inertes en mis manos sobre mi escritorio.

—Y así quiero despedirme de *Edgar Allan Poe*, de su vida trágica, de sus desengaños, de sus miedos, de sus demonios internos, de su amor a la belleza, de su sensibilidad, de sus hermosos versos, de sus inmortales relatos de suspenso. *Poe* no ha muerto, como todos los grandes escritores, vuelve a vivir cada vez que leemos una línea de su obra, un verso, una palabra. Como escribió en su poema "*Berenice*" "*Y entonces todo es misterio y terror, y una historia que no debe ser contada. Duerme. Que su sueño sea duradero y profundo*"

---

[48] Sedante.

[49] Vomito.

Aplausos se escuchan por todo el salón, varias chicas babean al verlo sonreír con sus grandes ojos color ceniza. Maldigo para mis adentros por lo bien que se mira siempre.

—Gracias por su atención durante la semana, y señorita Jones, recoja todos los ensayos y los deja sobre el escritorio, por favor.

¿Qué?

¡Demonios!

Hago lo que me pide y David ruega con ayudarme pero yo lo rechazo amablemente, se despide de un beso en la mejilla y se va a su siguiente clase, cuando el salón permanece vacío y sólo quedamos Matthew y yo, me acerco a su escritorio y coloco sobre el mismo los treinta ensayos, pero como estoy furiosa los dejo caer de mala gana.

—Aquí tienes—escupo y levanta su mirada.

—Gracias. —responde tajante.

~Ƹ423Ʒ~

Regreso a mi escritorio por mis cosas y cuando me doy la vuelta me estrello con su pecho y su aroma se clava en cuestión de segundos en mi nariz. Siento unas terribles ganas de abrazarlo y besarlo pero de nuevo me ha hecho enfadar con su actitud arrogante y lo peor es que ha sucedido en presencia de todo el salón.

—Déjame pasar—ordeno.

— ¿Ya no pides de *por favor*, mariposa?

—No mereces que te trate con respeto cuando tú no lo haces conmigo. —contraataco y alzo la vista para verlo.

—Me ignoras en mi propia casa, pero aquí te has rebelado llevándome la contraria.

Rio para mis adentros, no sabía que significaba tanto para él.

—Puedo irme de tu casa ahora mismo si quieres, Matthew no pienso seguir hablando contigo.

— No quiero que te vayas, Elena—susurra acercándose y tocando mi cabello.

—Entonces déjame pasar.

—Quiero que vengas esta noche al polígono.

— No puedo. —jadeo.

—No fue una pregunta, mariposa, es un hecho, quiero que vayas porque te necesito ahí.

—No voy a ir a ese lugar para encontrarme con *otras novias* tuyas y que me acorralen en el baño.

—Yo no soy como el *buitre* de tu amigo y hablando de él ¿Por qué permites que te toque? —pregunta con autoridad como si tuviera mando sobre mí.

—Matthew, aquí el único hambriento de carne eres tú.

Suspira con dificultad y se hace a un lado, dejándome libre de su presencia.

Limpio una lágrima que gracias a los dioses no se escapó mientras estaba cerca de él. Tenerlo tan cerca y a la vez tan lejos me duele demasiado, no entiendo para qué quiere que vaya a verlo jugar, ese lugar es espantoso.

No voy a ir, no puedo verlo rodeado de todas las mujeres con las que posiblemente se haya acostado. Solamente quiero encerrarme en mi habitación y leer y si es posible también llorar hasta quedarme dormida, él ha abierto el grifo de mi corazón y no lo he podido cerrar. Todo es culpa de él. Idiota soy por haberme enamorado de alguien que posiblemente no conoce el amor y no lo conocerá nunca.

433

Las semanas han pasado rápido, la Sra. Smith me felicitó por mi trabajo según en sus palabras: «*Eres muy profunda y tienes experiencia en la poesía para ser tan joven*» agradecí para mis adentros a mi madre, era gracias a ella que sabía un poco de historia y de poesía.

Matthew no volvió a dirigirme la palabra, muchas veces coincidimos en la cocina o en la sala, pero me ignoraba y varias tardes por el rabillo del ojo lo miraba que me espiaba desde la puerta viéndome leer debajo del árbol.

Una noche escuché que llevaba una chica a casa, y lloré como una idiota hasta quedarme dormida. ¿Hasta cuándo iba a soportar todo esto?

Al salir a tomar un vaso con agua esa noche que el disfrutaba de su nueva conquista, él me vio que estaba llorando, se me desbocó el corazón, no quería que supiera que él era el motivo, intentó hablar conmigo pero lo rechacé y minutos después la rubia se fue, dejándola frustrada por no terminar lo que habían empezado. Y desde esa noche no volvió a llevar a otra chica.

Así pasó la siguiente semana y él se refugiaba en su habitación o bajaba al árbol a leer. Se miraba tan hermoso y así como él me espiaba cuando leía yo le devolvía el favor haciendo lo mismo.

Al finalizar la última clase del día recibo un mensaje de texto:

Quiero que vayas al polígono esta noche, mariposa. Eres mi Elena, no puedo hacerlo sin ti.

Matthew.

—Has hecho un buen trabajo, Isabelle. —me felicita la madre de David, la Sra. Henderson. —He visto las calificaciones de los chicos y gracias a ti han mejorado mucho.

—Ha sido un reto pero estoy orgullosa de ellos, son unos buenos chicos.

—Quería hablarte de David—dice mientras me ofrece una taza de café. —No lo he visto ebrio y ha aceptado la separación.

Hago una mueca de dolor, es algo terrible que tengan que pasar por algo así.

—El divorcio—sonríe incrédula—Jamás pensé que alguien como yo acudiría a eso pero hasta que vi al Sr. Henderson con su secretaria y me di cuenta que su amorío era de cinco años, es algo que no puedes perdonar.

—Lo siento mucho. —murmuró incómoda. — ¿David lo sabe?

—Sí, y es por eso que ha aceptado nuestra separación. Me ha dicho que tú le has ayudado, no sólo en su problema con el alcohol, también a entender el divorcio.

Sonrío en vergüenza.

—David es mi amigo, lo quiero mucho y quiero lo mejor para él y los chicos.

—David te ama, Isabelle, y lo sabes. No espero convencerte de que correspondas a su amor, pero lo que haces por él lo salva y lo mata a la vez. No es fácil un corazón roto por el rechazo, a un corazón que ha sido engañado.

—Lo sé. —respondo aclarando mi garganta.

—De igual manera te lo agradezco y cuando las tutorías hayan concluido espero que sigamos en comunicación, quizás como una futura *nuera.*

Me ruborizo y tomo un sorbo de café.

Si supiera que mi corazón está siendo lastimado por esa última conclusión. La entiendo un poco, aunque un matrimonio no se compara con un *noviazgo* de horas.

Ana me sorprende llegando por mí a casa de los Henderson.

— ¿Qué haces aquí? Pensé que estarías con Joe.

—Tenemos que arreglarnos para esta noche, así que mueve tu culo y entra al auto.

Oh, Ana.

Le dije que las cosas entre Matthew y yo no iban a funcionar pero no le di detalles y le rogué que no cortara sus bolas como lo había advertido.

Llegamos a casa y Matthew está en el jardín leyendo.

Es una hermosa obra verlo debajo del árbol. Me quedo por unos segundos observándolo, se ve tan diferente a como se ve en el polígono.

Lo Amas. Una voz se quiebra en mi interior, y se me llenan los ojos de lágrimas.

Oh, Matthew.

Ojala sólo fueras tú la persona de la que me he enamorado, del poeta, pero también me enamoré del cuervo que habita en tu espalda y en tu mundo sombrío.

Joe se aclara la garganta haciéndome brincar y dejo de ver a Matthew.

— ¿Estás bien, Belle?

Me encojo de hombros.

—Sé lo que pasó, Belle, no creas nada de lo que diga Olivia o cualquier otra mujer que esté celosa de ti.

—Ella dijo que...—Sé lo que dijo—me interrumpe y continúa: —Tú no eres un *polvo* más para Matt, ¿ves ese árbol? —pregunta y antes de contestar prosigue: — él iba a cortarlo la misma semana que viniste a vivir aquí, y cuando vio que te encantaba no pudo hacerlo y colocó ese mueble para que leyeras. ¿No crees que si fueras un *polvo* más para él, dejaría que vivieras aquí?

Niego con la cabeza, tiene razón.

—Dejaré que lo pienses, pero te diré que jamás había visto a Matt así por una chica.

Pellizca la punta de mi nariz y regresa a la cocina con Ana.

Regreso mi mirada hacia Matthew y piensa en las palabras de Joe. Quizás Joe tenga razón en lo que dice, si Matthew hubiera querido acostarse conmigo jamás habría aceptado que viviera en su casa. Eso complicaría las cosas con alguien que no le gusta el compromiso.

El pequeño paraíso que Matthew tiene en su casa es también el mío, quizás es lo que él necesita, que alguien lo rescate de su propio infierno.

Recuerdo el mensaje que me mandó y sonrío para mis adentros. Subo a mi habitación a buscar ropa para esta noche en *el polígono del infierno.*

Esta noche no vestiré con falda ni con un vestido miniatura, ya bastante tengo con tener que soportar ver a la muerte cerca y tener que preocuparme por hombres borrachos que intenten algo conmigo.

Mis vaqueros negros ajustados y una blusa lila con una chaqueta de cuero negra y zapatos de tacón, es el atuendo perfecto para mí.

—Debo decir que con cualquier cosa te ves hermosa, Belle—dice Ana desde el espejo mientras peina su melena rubia.

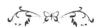

Los chicos están esperándonos abajo y me siento nerviosa porque no sé cuál vaya a ser la reacción de Matthew cuando vea que decidí ir al polígono esta noche.

—Ana, cariño tenemos que irnos antes— dice Joe tomando de la mano a Ana y llevándola hacia la puerta.

Oh, Joe, eres un terrible cupido.

Matthew me mira con felicidad pero no sonríe aunque sus ojos lo delatan, brillan como cuando me besa.

—No sabes cómo me alegra verte vestida así, no tendré que preocuparme por el que vea esas hermosas piernas.

Me ruborizo con sus palabras y muevo mi nariz nerviosa.

Él aprieta los ojos con dolor y me inquieto.

— ¿Qué pasa? —preguntó por su expresión.

—Esa nariz—niega con la cabeza y sonríe—No lo hagas— me indica con cariño.

— ¿Qué pasa con mi nariz?

—Ese movimiento que haces con ella, me vuelve loco.

Me ruborizo. —También que te ruborices hace que me vuelva loco.

—En ese caso creo que es mejor que no me mires si todo lo que hago provoca tu locura.

—Créeme, mariposa, si mis ojos no te ven me harán perder la cabeza aún más.

—Esto es tuyo—digo entregándole su chaqueta—Estaba en mi habitación.

—Lo había olvidado, pensé que estaba en el auto.

—Yo... la bajé por accidente. —Admito con pena.

Él me sonríe, se coloca la chaqueta enfrente de mí.

—Huele a ti. —lo dice como un cumplido.

—La lavaré en todo caso.

—Ni se te ocurra, mariposa. —Advierte—Es como querer conjurar el aroma de las rosas en un sótano. Podrías ver la rosa, pero el perfume, jamás. Y esa es la verdad de las cosas, su perfume.

Me sonrojo y rio para mis adentros, escucharlo hablar así tiene un efecto especial en mí.

Mientras vamos en el auto me siento un poco incómoda, Joe lo hizo a propósito y aunque mi voz interior lo agradece yo me siento nerviosa por ir con él.

¡Se supone que estoy molesta por Dios santo!

Bitter Sweet Symphony me hacen resoplar, ¡Perfecto! Un momento agridulce.

— ¿Quieres que la quite? —También parece incómodo para él.

—Lo que tú quieras, es tu auto— respondo de mala gana y cambia la canción por una más triste.

— ¿Cómo se llama esa canción?

— *Your Guardian Angel* de *The Red Jumpsuit Apparatus.*

I will never let you fall

I'll stand up with you forever

I'll be there for you through it all

Even if saving you sends me to heaven.

Nunca te dejaré caer

Me levantaré contigo siempre

Estaré ahí por ti a pesar de todo

Aunque salvarte me lleve hacia al cielo.

—Es profunda y triste.

—Y perfecta—concluye.

"Aunque salvarte me lleve hacia el cielo."

Hubiera preferido la canción agridulce a una tan triste como esa, ahora tengo ganas de llorar por culpa de esa canción que además de hermosa tiene una gran verdad: Dar la vida por otro, salvarlo.

Él daría su vida por ti. Dice de nuevo aquella voz, haciéndome negar con la cabeza.

Pensar en muerte cuando vamos al lugar donde la gente juega con su vida no es un pensamiento agradable. Y mucho menos pensar en que él es uno de los protagonistas.

Cuando veo por la ventana me doy cuenta que estamos llegando al polígono y mi corazón empieza acelerarse, siempre tengo la misma sensación antes de entrar aquí.

Estaciona el auto y toma mi mano.

—Gracias por venir esta noche, mariposa.

—Somos amigos—las palabras duelen—Los amigos apoyan a sus amigos.

Cierra los ojos con dolor.

—Me duele que me llames tu amigo cuando tú y yo sabemos que eso es mentira.

—Somos amigos, vivo en tu casa y eso nos convierte en amigos.

—Me equivoqué contigo, mariposa, te disculpas demasiado, suplicas, te ruborizas pero también eres ciega.

— ¿Estás haciendo una lista? —Me quejo.

—Sí, y seguramente aumentará. —responde tajante. Y pongo los ojos en blanco.

Abre la puerta del auto y antes de que abra la mía salgo a regañadientes fulminándolo con la mirada y él me sonríe en burla.

~Ɛ443~

—*Tiradores a sus lugares ¡Que comience el juego!*

No hay armas de fuego hoy y es un alivio al menos si alguien muere no le dolerá mucho. Aunque la idea es aterradora estoy empezando a acostumbrarme al polígono del infierno.

Los primeros dos jugadores cometieron un terrible error de rozar la carne de sus chicas en el blanco, no es grave pero lo suficiente para ser descalificados. Cuando llega el momento de *lucifer* me dedica una mirada llena de deseo, no sé qué demonios pasa con él, pero no me gusta cómo me ve. Busco la mirada de Matthew y está furioso por cómo me mira su contrincante.

—Joe, ¿Cómo se llama *Lucifer?* —pregunto.

Joe arruga el entrecejo—Se llama William Faulkner, es un maldito profesor, da clases en otra universidad.

— ¿Profesor? —pregunto atónita.

—Sí, no lo parece ¿Cierto? Pero es un maldito genio como Matt.

William.

Lucifer.

¿Un profesor?

William parece mayor, pero jamás lo imaginé siendo un profesor y que se dedicara jugar en el polígono por diversión. Aunque Matthew y Joe son iguales y la mitad de los chicos presentes que tienen gustos similares por el peligro y la adrenalina.

Lucifer o William, lanza el último cuchillo cortando el aire y va a dar directamente entre los muslos de la chica. Me mira por última vez y sonríe.

¿Ese es un mensaje subliminal?

Empujo ese pensamiento ridículo y veo a Matthew que se está quitando la chaqueta, se acerca a mí y me la da.

—*Damas y caballeros un hermoso gesto de nuestro halcón a su chica.* —dice la voz del anfitrión. Me ruborizo y cojo la chaqueta sosteniéndola con fuerza y admirando su hermoso torso desnudo y sus tatuajes cuando me da la espalda.

No soy su chica. Me reprocho a mí misma.

Me sorprendo al ver una chica diferente en el blanco de Matthew, parece que hablaba en serio cuando dijo que Olivia no se acercaría a mí o a él.

—Debo admitir, Matt sabe sorprender ¿No? —dice Ana.

—No estoy sorprendida—Miento descaradamente.

—Miéntete a ti misma, estás más roja que un tomate y te brillan los ojos de felicidad al no ver esa mujerzuela enfrente de tu chico.

¿Mi chico?

—No estoy mintiendo, y no es mi chico— le doy un codazo suave.

Los primeros lanzamientos van a dar a un costado del cuerpo de la rubia enfrente de Matthew. Cierra vendándose sus ojos pero esta vez lo hace desde una larga distancia.

Oh, Dios santo.

Es imposible que pueda hacer un lanzamiento desde esa distancia. Aprieto las manos de Ana y cierro los ojos muerta del miedo, me regaño a mí misma y abro los ojos para verlo, tengo que verlo es por él que estoy aquí.

Veo la velocidad de su brazo al lanzar los cuchillos uno tras otro y van a dar directamente al otro costado de la chica.

¿Cómo hizo eso con los ojos vendados y tan lejos?

Es el halcón. Dijo una voz coqueta en mi interior.

Definitivamente lo es. Lanza los últimos dos cuchillos y se clavan arriba de la cabeza sin salirse de la marca del blanco.

El silencio se rompe por gritos y aplausos de victoria para Matthew. Suelto un gran suspiro y empiezo a respirar con normalidad al ver que el peligro ya pasó y que Matthew de nuevo, no mató ni hirió a nadie.

Él quita la venda de sus ojos y camina hacia mí. Ana suelta mi mano y Joe la atrae hacia él.

Matthew me toma de la cintura y mis pies dejan de tocar el suelo, mis brazos rodean su cuello por arte de magia y sin darme cuenta me inclino y estrello mis labios contra los suyos. El bullicio se vuelve eco y sólo existe nuestro delicado beso y siento que toco el cielo en el infierno.

Mis pies tocan de nuevo el suelo y abro los ojos, él me sonríe y yo también.

— ¿Cuándo dejarás de ruborizarte, mariposa?

—Es culpa tuya.

—Me alegro. —dice y me da un breve beso en los labios.

Ana y Joe se acercan riendo a carcajadas.

—Ahora sí vas a tener problemas, Belle— Continúa Joe: —Las chicas se están volviendo locas.

—Como si el *halcón* no hubiese besado a una chica después de ganar—me defiendo.

Joe y Ana intercambiaron miradas y luego veo a Matthew que está serio y parece avergonzado.

—Eres la primera chica que beso aquí. — admite apenado.

Rio para mis adentros y lo abrazo orgullosa de que sea yo la primer chica que besa el *halcón* en el *polígono del infierno.*

—Par de tortolos hay que salir de aquí antes de que los demás empiecen a... bueno a celebrar—espeta Joe pasándose los dedos en el cabello algo nervioso.

— ¿Por qué nunca nos quedamos después de que juegas? —pregunto encogiendo el cejo.

—Lo importante ya terminó. —responde Ana.

¿De qué me estoy perdiendo?

Matthew cubre su hermoso cuerpo y le devuelvo la chaqueta no sin antes limpiarme la baba y sonrojarme.

Llegamos a casa después de comprar comida china y nos dejamos caer en el sillón de la sala para comer.

— ¿No vas a comer? —pregunta Matthew acariciando mi espalda.

—No tengo hambre—hago mohín.

—Tienes que comer, ¿Quieres que te prepare algo?

—No, gracias, tomaré algo rápido.

Ana y Joe están acurrucados viendo la película *El conjuro* mientras yo subo a mi habitación para ponerme mis gafas, mi teléfono empieza a moverse sobre la mesa, lo tomo y veo que es un mensaje de David:

Te echo de menos, Belle.
No dejo de pensar en ti.
Te amo,

David.

— ¿Todo bien? —pregunta Matthew detrás de mi haciéndome saltar y mi teléfono cae al suelo.

— ¡Cielo santo! Tienes que dejar de hacer eso, Matthew.

Él toma mi teléfono del suelo y ve la pantalla.

Oh, mala idea.

—Y dices que no es un *buitre*—Molesto deja el teléfono sobre la cama y sale de la habitación.

Suelto un suspiro de desesperación. Pensé que David ya estaba resignado a que entre él y yo sólo habrá una amistad. Es lógico que Matthew esté celoso pero no es para tanto, sonrío por lo bajo y lo sigo para hablar con él.

Lo veo en la cocina tomando una cerveza y hago una mueca de disgusto.

—Pensé que ibas a hablar con tu amigo el *buitre*—expresa con sátira.

— ¿Por qué lo odias tanto?

—No lo odio, mariposa.

— ¿Entonces por qué actúas así?

—No soporto la idea de verte con él, te desea lo puedo ver en sus ojos.

Me acerco y quito la cerveza de sus manos, tomo sus muñecas y las llevo a mi cintura para abrazarlo. Lo abrazo fuerte para asegurarle de que no estoy con David, sino con él.

—David nunca me ha abrazado de esta forma, nunca se lo he permitido. —susurro en su pecho y continúo: —No dejo que nadie se acerque demasiado a mí desde... desde que me fui de casa.

Levanto la mirada y lo veo. —Nadie, excepto a ti. Desde que te conocí mi cuerpo no ha rechazado ni ha temido a tu tacto, Matthew.

Me pongo de puntitas para alcanzar sus labios y le doy un beso casto.

—Sólo tú... Tú y yo.

Su mirada se suaviza y vuelve a besarme esta vez es un beso más largo.

Bonita disculpa.

—Lo siento—susurra en mis labios.

—Te disculpas demasiado, Matthew Reed.

El Matthew Reed celoso es muy tierno, aunque todavía no llego a conocer al Matthew posesivo.

Entonces, pienso que por mucho que la vida sea incomprensible, probablemente la atravesamos con el único deseo de regresar al infierno que nos creó, y de habitar en el mismo, junto al que en una ocasión, nos salvó de aquel infierno.

Aunque en esta vez quiero ser yo la que salve a Matthew del infierno donde está acostumbrado a vivir.

Después de la disculpa dulce de Matthew, mirábamos la película con los chicos. Ana estaba aferrándose al pecho de Joe asustada y Joe tenía los ojos abiertos como platos. Matthew no parecía estar ajeno a ese sentimiento y reí mientras los miraba.

—Ven, mariposa no tengas miedo—dice mientras me lleva más hacia su pecho.

—Diría que eres tú el que tiene miedo de la película, señor rudo. —me burlo.

— ¿No te da miedo?

Niego con la cabeza.

— ¿Ni siquiera un poco?

—Ni siquiera un poco.

—Mi chica es valiente—Me da un beso en la coronilla y me aprieta contra él.

— ¡Mierda! —chilla Ana.

—Ana, no digas tacos—la reprendo.

—Lo siento—se disculpa riendo.

—Quisiera apostar cuánto tardará Belle en decir tacos siendo novia tuya, Matt. —resopla Joe.

Me mofo—Jamás, al menos que me haga enfadar demasiado.

—La tierra se abrirá el día en que Elena Isabelle Jones diga un taco. —Lo sigue Ana.

—Pueden apostar lo que quieran, no haré enfadar a mi chica—susurra, y después aprieta los labios contra mi sien.

~Ƹ453Ʒ~

Al terminar la película Joe y Ana se van a dormir. Otro día los Cooper están fuera de casa y Ana aprovecha para tener una noche romántica con Joe.

Le sonrío a Matthew y me devuelve una pequeña sonrisa. No me convence y me pregunto qué está pasando por su cabeza en estos momentos.

— ¿Todo bien? —pregunto nerviosa.

—Sí, Elena.

—Cuando me llamas Elena siento que estás molesto conmigo—confieso.

—Puede que algunas veces esté molesto y otras te hable demasiado en serio.

Permanezco en silencio en la oscuridad de la sala y él me observa con una sonrisa.

—Hoy estuviste increíble, Matthew, pero me da miedo lo que haces. —admito.

—Lo sé, lo dejaré algún día, lo prometo.

Algún día.

Froto mis ojos y suspiro de cansancio.

—Vamos, es hora de ir a la cama—dice ofreciéndome su mano para levantarme del mueble.

A regañadientes acepto su mano y juntos subimos las escaleras. Siento un peso en mi pecho y un nudo en mi estómago, entonces me doy cuenta de que no solamente estoy enamorada de Matthew, estoy locamente enamorada de él, que duele.

Estoy enfrente de mi puerta y sus ojos brillantes iluminan su hermoso rostro. Desliza una mano en mi cuello y aprieta sus labios contra los míos me toma por sorpresa por un segundo y luego mis labios se derriten contra él, mi respiración se acelera y mi corazón late fuerte. Su lengua acaricia la mía y sus manos se deslizan por mis brazos y llegan a mis caderas. Lo acerco más a mí clavando los dedos en su piel, muerdo su labio inferior desesperada por más y él se detiene.

—Lo siento, me detendré. —susurra ahogado.

Lo observo por un segundo y me doy cuenta que es él. Él es de quien me he enamorado y no quiero perder este momento mágico con él, por culpa de mi pasado.

—Por favor, no te detengas. —suplico con deseo.

Me mira a los ojos con esa seria y dulce mirada y vuelvo a sentir sus labios tocar los míos, su boca recorre mi mandíbula y luego baja hasta mi cuello.

—Lavanda—susurra en mi cuello y lo besa. Las piernas se me debilitan en su tacto, siento arder mis entrañas.

Lo deseo, lo deseo tanto.

Con una mano toco su pecho y con la otra alcanzo la manilla de mi cuarto.

—No, Elena, quiero llevarte a mi habitación—susurra en mis labios con dificultad.

Camina de espaldas hacia su habitación, tirando de mis manos. Me sonríe al caminar, y yo por supuesto, ya estoy ruborizada.

Su habitación es grande y limpia, la había visto antes pero no tan detalladamente, lo primero que veo es la imagen del cuervo sobre su cama y el gran librero.

— ¿Has traído chicas aquí? —pregunto y eso lo sorprende y a la vez suelta una carcajada.

—Mariposa, hay una habitación de *sexo* en esta casa y definitivamente no es mi cama. —Se acerca y me besa—Eres la primera chica que entra en esta habitación.

Vuelve a mirarme con esos ojos color ceniza. Esa mirada que significa que algo extraordinario va a suceder. Me inclino hacia adelante otra vez para besarlo y él vuelve a detenerse.

—No tenemos que hacer esto, Elena. —susurra de nuevo contra mi boca.

—Te amo, Matthew.

Sus ojos se abren y una gran sonrisa se dibuja en su rostro. Me besa con ansias y mis manos tiran de su camisa por encima de su cabeza. Toco su pecho mientras beso sus tatuajes y él gruñe.

Me baja la cremallera del pantalón y lo arrastra por mis muslos. Luego tira de mi blusa muy lentamente por encima de mi cabeza, dejándome en ropa interior delante de él y me acuesta sobre la cama.

Se levanta, y me observa.

—Podría hacer un poema de ti ahora mismo, mi hermosa Elena.

Me ruborizo y lo veo cómo se quita los vaqueros junto con el algodón de su ropa interior y los zapatos quedando completamente desnudo ante mí. Recorro su perfecto y tatuado cuerpo y mi mirada termina en sus ojos brillantes color ceniza.

Un perfecto Adonis. Mi voz interior está tan emocionada como yo.

Su boca vuelve a la mía una vez más se incorpora y con sus suaves manos baja lentamente mi ropa interior, me ruborizo hasta más no poder y traza besos desde mi vientre, subiendo por mis costillas y aterrizando en mis pechos cubiertos de encaje.

—Todo tu cuerpo huele a lavanda, me vuelve loco.

Toma mis manos y me sienta sobre la cama para desabrochar mi sujetador, me estremezco a sentir sus dedos en mi espalda y vuelve a besar mi cuello haciendo sentir una fuerte electricidad en todo mi cuerpo hasta la punta de mis dedos.

Alarga la mano y me baja las copas del sujetador y se me corta la voz cuando me mira.

—Respira—dice con una mirada dulce y hago lo que me pide.

Relajo mi cuerpo mientras vuelve a besarme, esta vez con más intensidad y me dejo ir de espaldas mientras él permanece encima de mí. Escucho el crujido del plástico del preservativo que apareció por arte de magia en sus manos.

A continuación me pongo tensa y me cuesta respirar pero lo deseo a morir. Él se da cuenta de mi frustración enseguida.

— ¿Estás bien? —pregunta

—Sí, pero... nunca he hecho el amor.

Sonríe y me da un beso en la punta de mi nariz.

—Yo tampoco, Elena.

Sus brazos me vuelven a rodear y su cuerpo se tensa, entonces siento que empuja con mucha delicadeza dentro de mí, haciéndome estremecer y cerrar los ojos de dolor y placer.

—Quiero que me mires cuando te hago el amor, mariposa. —ordena suavemente.

Hago lo que me pide. Vuelve a salir y entrar suavemente hasta que mi cuerpo lo recibe con vehemencia. Aprieto mis muslos en su cadera y me agarro de su espalda fuerte para besarlo.

El miedo que sentía y la vergüenza de estar desnuda ante él han desaparecido, somos uno solo, mientras me vuelve a penetrar, esta vez con un ritmo más acelerado suelto un gemido en su boca y él busca mi mirada.

Sus embestidas se hacen cada vez más prolongadas provocándome una sensación de placer y explosiva en todo mi cuerpo. Una mano recorre mi clavícula hasta llegar a mi trasero para guiarme en su movimiento.

—Dios... Elena. Eres maravillosa.

Mis piernas empiezan a temblar en el constante y perfecto movimiento de sus caderas de adentro hacia afuera y siento el sudor correr por nuestro cuerpo.

—Matthew...—Jadeo.

Hunde la cara en mi cuello y mueve las caderas más rápido como si leyera mi mente y su último movimiento me hace jadear y me desplomo.

—Te amo...Te amo. —susurro en su cuello cuando una fuerte oleada se apodera de mi cuerpo y tiemblo.

—Oh, Elena. —Me llama y se desploma dejándose caer sobre mí.

~Ɛ463~

Me entregué a él.

Estoy enamorada del chico que vive en dos mundos.

Amo a Matthew Reed el *poeta.*

Amo al *halcón* del *infierno.*

Estoy tumbada sobre su pecho viéndolo a los ojos asimilando la situación. El haberme entregado a él significa mucho para mí y temo que se vaya corriendo y que sólo haya sido una conquista *virginal* para él. Así como temo que todas las advertencias sean ciertas. Pero la verdad es que amo a este chico. Lo amo demasiado y tengo miedo de que todo termine pronto.

— ¿Estás bien? —Pregunta apartando un mechón de mi rostro. — ¿Te he hecho daño?

—Estoy bien.

— ¿Por qué estás tan callada?

Una lágrima se resbala por mi mejilla. Es inevitable no hacerlo. Matthew ha llegado hasta lo más profundo de mi corazón y sólo con la idea de perderlo me hace morir lentamente.

—No llores, por favor. ¿Dime qué pasa?
—Está asustado tanto como yo.

—Tengo miedo... miedo de que me dejes.
—Ya está, lo he dicho.

—Muchas veces traté se sacarte de mi mente, pero el amor que siento por ti es más fuerte que todos mis miedos, mariposa.

—Hablas como si amarte o que me ames fuese un pecado.

—Pecado mayor sería si te mirara y no te amara, Elena.

— ¿Me amas? —Tengo la voz quebrada, me ha tomado por sorpresa su confesión.

—Elena, mírame—exige y lo hago—No te hubiera hecho el amor si no te amara.

Te Ama.

Nunca había sido tan feliz en mi vida hasta ahora. Me ha confesado que también me ama. Alguien que hace unos meses desfilaba con una mujer diferente hacia su habitación de *sexo* y ahora me ha entregado su corazón así como yo le entregué el mío.

Contemplo la habitación mientras trazo círculos en su pecho y los ojos del cuervo se conectan con los míos, parece hablarme.

«Nunca más»

Nunca más volveré a ser la misma persona. Matthew Reed es mi salvación y ahora es mi hogar, lo amo demasiado y no quiero volver a sentirme sola *nunca más.*

— ¿Cuántos años tienes, Matthew? — pregunto rompiendo el silencio.

Él acaricia mis omoplatos—Tengo veinticuatro.

—Ahora entiendo cuando me llamaste *niña.*

Su pecho se sacude a causa de su carcajada.

—No lo dije por eso, eres una chica demasiado inocente, mariposa.

—Después de lo que acabamos de hacer no me consideraría tan inocente. Yo cumpliré veintiuno el próximo mes.

—Para mí lo eres mariposa, mi dulce e inocente Elena.

—Entonces el pez no era la víctima inocente del hombre... —Me burlo.

—Con ello abrió al mismo tiempo el camino al mar. —Continuó.

En tiempos posteriores un fundador del mar comenzó a difamar y despreciar este alimento sencillo y puro y a engullir en su barriga voraz alimentos basados en cadáveres de animales. Así como Pitágoras a veces pagaba a los pescadores para que devolvieran los peces al mar. Algún día tendré que enfrentar mi pasado, a mi padre y a *«él»*.

No tengo miedo porque después de perder a mi madre y con ella el amor… he vuelto a sentirme amada.

—Me gusta tu cuadro—señalo encima de la cabecera. Ahora el cuervo parece sonreírme y ya no parece tan tenebroso. —Y el tatuaje. ¿Por qué el cuervo y no el gato negro? —me burlo y él sonríe.

— ¿Conoces el poema? —pregunta y asiento: —Fue el poema de mi ensayo.

— ¿En serio? —Su expresión de sorpresa me encanta.

—Sí, me recuerda a ti. —admito sonrojándome. —Aunque es un poco confuso.

—*El cuervo* es mi segundo poema favorito de *Poe*. El cuervo sigue a un narrador sin nombre, que al principio está sentado leyendo, con la intención de olvidar la pérdida de su amada. Se oye un golpeteo en su puerta y después otro más fuerte, esta vez en la ventana. Cuando el joven va a investigar, un cuervo entra a su habitación. Sin prestar atención al hombre, el cuervo se posa sobre un busto de palas. El hombre le pregunta su nombre y la única respuesta del cuervo es «*Nunca más*». Supone que el cuervo aprendió a decir *Nunca más* de algún *amo infeliz*. Él piensa que su *amigo*, el cuervo, pronto se irá volando de su vida, así como *otros amigos se han ido volando antes*—Me ve triste. Así como yo hui de él y continúa: —El cuervo vuelve a decir: *Nunca más*.

—Es como si la admisión final del narrador es que su alma está atrapada bajo la sombra del cuervo y que «*Nunca más*» será liberada. —Concluyo y Matthew asiente.

—Entre el deseo de recordar y el deseo de olvidar el hombre continuó haciendo preguntas y sabe la respuesta que el cuervo le dará.

—Eso suena un poco masoquista. Yo le preguntaría cosas que me gustaría que no ocurrieran jamás. —Matthew sonríe y me da un leve beso.

—Es un hombre triste y solitario, la pérdida de su amada fue lo que lo dejó así.

— ¿Tú has perdido a alguien? —Mi pregunta lo toma por sorpresa y cambia su mirada.

—Mi padre murió cuando tenía quince años. —confiesa entristecido.

—Lo siento, Matthew—Beso su pecho. —¿Puedo saber cómo murió?

—Su jet se estrelló. Viajaba constantemente y esa noche mi madre le rogó que no saliera, había una tormenta eléctrica, pero él no quiso escucharla. Se despidió y se fue...se fue para siempre.

Oh, Matthew.

—Es terrible, me imagino que fue difícil para tu madre salir adelante después de eso.

—Mi padre dejó una gran herencia, mi madre y mis hermanos vivimos bien, yo siempre quise estudiar en Chicago. Pero Susan y Nick se quedaron con mi madre.

—No sabía que tenías hermanos.

—Susan es la menor, tiene dieciocho y Nick tiene veintidós.

—Me hubiese gustado tener hermanos, creo que mi vida hubiese sido diferente, sólo tengo a Ana, ella ha sido como una hermana para mí.

—Mi madre y mis hermanos son todo para mí—Me besa y susurra en mis labios: —Y ahora tú, Elena.

—Me vas a hacer llorar— ¡Por Dios! Sí continúa hablándome así me voy a volver loca, pero de amor.

Escuchar a Matthew hablar de su vida por primera vez me toma por sorpresa, lo había juzgado demasiado al pensar que era un chico malo. Pero de malo no tiene nada, sólo es su estilo de vida en el polígono que lo hace ver así, su madre y sus hermanos deben estar orgullosos de él. Es un gran hombre.

— ¿Tu familia sabe del polígono? —Mi pregunta lo vuelve a tomar por sorpresa y aclara su garganta.

—No, solamente mi hermano.

— ¿Por qué te dedicas a eso, Matthew? A veces siento que lo odiaras. Que solamente lo haces porque debes hacerlo, pero cuando te veo jugar no veo satisfacción en tu rostro.

— ¿Me está analizando, señorita?

—No te analizo, a veces no necesito mis gafas para ver. —me defiendo.

—El polígono es una parte oscura de mi vida, es como mi maldición. A veces estoy como en un infierno y no me lamento. No encuentro de qué lamentarme.

—Me acabas de hablar de tu familia con un brillo en tus ojos y cuando me hablas del polígono te transformas en alguien diferente, vives en dos mundos, Matthew.

—Algún día lo entenderás, mariposa.

Me tumba de espaldas y me calla con un beso. Lentamente pasa su mano entre mis muslos hasta el interior donde sólo él me ha tocado. Cierro los ojos por el placer que me provoca y besa mi cuello seguido de mis labios, chupa mi labio inferior y desciende sobre mi pecho y arqueo mi espalda para darle mejor acceso por todo mi cuerpo.

Alarga su mano hacia la mesa de noche y saca un envoltorio cuadrado, lo rasga entre sus dientes y escucho el crujido del plástico en sus dedos.

—Te amo, Elena.

—Te amo, Matthew.

Lo siento dentro de mí con mucha cautela y gimo al sentir cómo se hunde dentro de mí. El placer es inmenso y se apodera de mí nuevamente. Intento mantener los ojos abiertos pero es casi imposible.

—Mariposa, necesito que me mires cuando te hago el amor. —Exige agitado.

Oh, Afrodita[50]*, Eros*[51]*, gracias, gracias…*

No me siento una frágil mariposa cuando estoy con él.

Cuando de noche él me llame, atrayéndome a su infierno, iré. Desciendo como un gato por los tejados. Nadie lo sabrá, ni él mismo sabrá cuánto puedo llegar a amarlo, su voz, su cuerpo, todo de él, lo amo con locura, lo amo en nuestro pequeño paraíso y por más que me duela sé que también lo amaré en el infierno.

—Rescátame, Elena… Llévame a tu paraíso.

—Oh, Matthew…Tú eres mi *paraíso*.

Continuará…

---

[50] Es, en la mitología griega, la diosa de la lujuria, la belleza, la sexualidad y la reproducción.

[51] Es el dios primordial responsable de la atracción sexual y el amor.

EL PRIMER BESO

William Adolphe Bouguereau

Un Dulce Encuentro En el INFIERNO

www.krisbuendia.wix.com/krisbuendia

Sitio Oficial

Kris Buendia, nació el 26 de Junio de 1991, Hondureña.

43605557R00200

Made in the USA
Charleston, SC
02 July 2015